# L'ALEGRIA QUE PASSA

SANTIAGO RUSIÑOL

# L'alegria que passa

Estudi introductori i notes
a càrrec de
**Josep-Francesc Delgado**

LA GARRIGA, 2021

Primera edició: juliol de 2021.

L'editorial agraeix la cessió de les fotografies per a aquesta edició a les següents institucions. **Crèdits fotogràfics.**

Pàgines 8, 16-17, 34, 48-49, 70-71, 102, 103, 104-105, 108, 109, 118, 122, 138 i 154, © Arxiu Fotogràfic del Consorci del Patrimoni de Sitges.
Pàgina 101, © Biblioteca de Catalunya. Arxiu Joan Maragall.
Pàgines 106-107, © Cercle de Lectura de Reus.
Pàgina 111, © Cambra Oficial de Comerç, Indústria i Navegació de Barcelona.
Pàgines 122-123, © Centre de Lectura de Reus. Fotografia de Josep M. Toset.
Pàgina 110, © Cercle del Liceu.
Pàgina 100, Col·lecció d'Art Banc Sabadell.
Pàgines 12, 132 i fotografies de les cobertes © Josep-Francesc Delgado.
Pàgina 97, © Museu de la Garrotxa, Olot. Fotografia de Josep-Francesc Delgado.
Pàgines 108, 112, © Museu de Pontevedra.
Pàgina 108, © Museu de Saragossa. Fotografia de José Garrido.
Pàgines 97, 98, 99, © Biblioteca Museu Víctor Balaguer. Vilanova i la Geltrú.
Pàgina 111, © Patrimonio Nacional, Palau Reial de Madrid, 10069992.


edicions del roure de can roca® Rock Oak Press SLU
C/ Sancho Marraco 13-F 08530 La Garriga
www.rouredecanroca.cat info@rouredecanroca.cat

ISBN: 978-84-17250-00-3
Dipòsit legal: B 11944-2021
Disseny i maquetació: EDM
Imprès per Limpergraf, s. l.
Pol. Ind. Can Salvatella, c/ Mogoda 29-31
Barberà del Vallès. Barcelona

# SUMARI

# Estudi introductori

a càrrec de

Josep-Francesc Delgado

Fotografia d'estudi de Santiago Rusiñol realitzada pels germans Napoleón.
Barcelona, 1888.
Museu del Cau Ferrat, Sitges. Col. Santiago Rusiñol, núm. inv. 32.119-5.

# L'HUMORISTA CARICATURITZAT

Maria Rusiñol, la filla de l'artista, explica una operació d'extirpació de ronyó del seu pare l'any 1900. En aquella època representava un risc de mort elevat, era una intervenció molt seriosa que només es feia quan no hi havia cap altre remei. Ella narra el postoperatori immediat en aquests termes:

«Va venir el dia tan temut de l'operació, i amb la voluntat de Déu i l'ajuda del Dr. Pagès, tot va anar com una seda. Li van extreure el ronyó malalt, que n'estava tant, de malalt, que els metges es feien creus de com havia pogut viure. Tots estàvem desfets de la gran angúnia que havíem passat, però contents dels bons resultats. Això era la vigília de Carnaval. El dia de Carnaval, o sia l'endemà de l'operació, el meu pare va cridar la meva mare, i amb una veu que tot just se sentia, va dir-li:

-Lluïsa, avui deu ésser Carnaval, veritat?

-Sí, Santiago.

-Doncs jo m'haig de disfressar. Seria el primer any de la meva vida que no m'hagués disfressat.

-Però què dius, Santiago, per l'amor de Déu -digué la meva mare sorpresa-. Però si no et pots bellugar!

-És que per disfressar-me del que em vull disfressar no cal que em mogui gens.

-Què vols dir?

-Ves, Lluïsa, i compra'm un nas. Cal seguir la tradició.

La meva mare, que estava més morta que viva, per no contrariar-lo, li va comprar el nas.

-Lluïsa, porta'm un mirall.

I posant-se el nas, va dir, bo i somrient:

-Caram! Que estic en caràcter! Semblo el «Cirano» en les seves acaballes.- I es va quedar mig ensopit.

El metge, que era un senyor vellet que es deia senyor Sunyer, va arribar tard. Era un bon tros curt de vista. Es va mirar el meu pare, el va auscultar, li va prendre el pols i va sortir de l'habitació.

-Què li sembla, senyor Sunyer, com el troba? -Vàrem preguntar-li plens d'ansietat.

-El cor està bé, el pols marxa amb regularitat, la ferida no senyala res de nou; però, si vol que li sigui franc, Lluïsa, li veig la cara tan canviada, té tan mal aspecte, que no sé pas què me'n pensi. Surto molt capficat.

La meva mare, recordant el nas (amb la preocupació no hi havia pensat més) va contestar tota compungida:

-És que va disfressat.»[1]

Santiago Rusiñol (Barcelona, 25 de febrer de 1861 - Aranjuez, 13 de juny de 1931) fou, mentre visqué, un home d'una popularitat enorme. Aquesta popularitat es devia, en bona part, a la seva simpatia i a l'afecció a les facècies, com la de vendre duros a quatre pessetes... En aquest sentit fou un predecessor precoç dels *happenings* i les *performances* que la

1 Maria Rusiñol. *Santiago Rusiñol vist per la seva filla.* Pàg. 74-75

generació del pintor Salvador Dalí va posar de moda 30 anys després. Les facècies Rusiñolesques eren un boca-orella per tot Barcelona i per tot Catalunya. Com que, a més, era un home amb una simpatia natural i do de gents, va projectar una imatge que esdevingué un estereotip. L'escriptor Josep Pla anomenà aquest procés de popularització amb el nom de folklorització; com el mateix escriptor empordanès assenyalà, aquest folklore en va donar una visió caricaturesca que sovint amagava el que realment fou i tota la seva profunditat artística. Les facècies Rusiñolesques podrien omplir tot un llibre ben entretingut i aquests llibres ja han estat escrits. En aquest estudi intentarem donar uns apunts per copsar l'abast profund de la mirada de l'artista a través de *L'alegria que passa* i n'ometrem l'aspecte faceciós que pot ocupar, ell sol, uns quants llibres.

## L'ÈPOCA DE SANTIAGO RUSIÑOL

Santiago Rusiñol va néixer al primer pis del número 37 del carrer de la Princesa de Barcelona, una de les artèries principals de la ciutat oberta el 1853 per donar aire al barri de la Ribera i els seus carrers estrets d'origen medieval. L'escriptor Josep Pla en diu: «El 1861, el carrer Princesa era el que en la Barcelona d'avui és la Diagonal.»[2] Santiago Rusiñol assistí a l'escola primària del carrer Barra de Ferro on feia classe un

2 Josep Pla. *Tres artistes.* Obra completa, Volum 14. Pàg. 291.

El primer edifici a mà dreta és el número 37 del carrer Princesa de Barcelona, on va viure i treballar Santiago Rusiñol a les oficines de la fàbrica del seu avi .

professor que l'escriptor Josep Pla qualifica d'arcaic, i que donava importància al càlcul necessari per al comerç. Als catorze anys va començar a treballar amb l'avi a l'oficina. La mare de Rusiñol va morir el 1881, quan ell tenia 20 anys, i el seu pare va morir dos anys més tard, de manera que ell quedava com a hereu a la mort de l'avi, i l'avi es va encarregar des del carrer Princesa d'anar-li donant la formació necessària perquè es fes càrrec de la fàbrica tèxtil de Manlleu, d'on procedia la família. Els germans eren menors d'edat i, per al jove Santiago, la pèrdua dels pares devia accentuar una tendència a la tristesa malenconiosa pròpia del seu temperament, i que era l'altra cara d'aquell jo social simpàtic i cordial.

Barcelona estava iniciant el seu enlairament econòmic i demogràfic. Entre 1850 i 1860 la ciutat va passar de 187.675 habitants a 249.927,[3] en començar el segle XX va superar el mig milió d'habitants, i quan Rusiñol va morir passava del milió. Set anys abans del naixement de l'artista, s'havien iniciat els treballs d'enderrocament de la muralla medieval que constrenyia la població. Un any abans del seu naixement s'havia aprovat el pla urbanístic d'Ildefons Cerdà, que va crear l'Eixample com ara el coneixem, i la plaça de Catalunya encara era una esplanada, s'havia d'urbanitzar.

Un creixement demogràfic tan accelerat, d'una mesura que mai no s'havia vist, no s'explica sense factors econòmics

3 Josep Bota, edició a cura de. *L'alegria que passa i altres obres de Santiago Rusiñol*. Pàg. 8.

i tecnològics que el provoquin. Aquests factors van determinar la creació d'una indústria tèxtil que, en néixer Rusiñol, ja estava agafant una embranzida poderosa. A l'ensems, aquest creixement industrial també va implicar l'emigració de molts treballadors cap a la capital de Catalunya, i la progressiva articulació d'un moviment obrer de signe anarquista que va ser predominant fins a 1939. Només tres anys després del naixement de l'artista es funda la Primera Internacional a Londres, i durant la seva adolescència l'obrerisme internacional es divideix en dos grans corrents, el socialista i l'anarquista. Als anys 90 del segle XIX l'anarquisme prenia força a Catalunya. La burgesia, al seu torn, s'articulava al voltant del proteccionisme o el lliurecanvisme econòmic. L'avi de Rusiñol era un industrial del tèxtil de pensament liberal, que havia hagut d'enfrontar-se a l'altra facció monàrquica, la carlina, que li va cremar la fàbrica durant les guerres carlines.[4]

Santiago Rusiñol formava part de la classe dirigent de la indústria que protagonitzava aquella gran expansió; alhora, sempre va conservar el gust per les coses velles i per aquella ciutat comtal encara medieval que l'havia vist néixer. Ja adult justificaria el seu amor per la ciutat de Girona perquè la Barcelona de la seva infantesa havia canviat fins a no deixar-se reconèixer. Quan ell va néixer, Barcelona se separava encara de Gràcia per una munió de camps que començaven no gaire

4 Josep Pla, op. cit. Pàg. 300-301. Els carlins propugnaven que només poguessin regnar els homes.

més enllà de la plaça de Catalunya. Per anar a Gràcia la gent agafava una diligència de cavalls davant del palau de la Virreina, a la Rambla, i es considerava que fer aquest trajecte a sol post tenia el seu risc...

Des d'un punt de vista literari, a principis del segle XIX s'havia anat articulant un moviment cultural que reivindicava el català com a llengua de conreu literari, la Renaixença (1833-1892). Dos anys abans que nasqués Rusiñol la Renaixença va aconseguir de restaurar els Jocs Florals, un certamen poètic d'origen medieval instaurat a finals del segle XIV pel rei Joan I. Rusiñol nasqué en aquest ambient i fou un dels principals activistes del nou moviment literari de finals del segle XIX, el modernisme, que reivindicava, com el seu nom indica, una modernitat més àmplia. De resultes d'aquest moviment, d'una gran efervescència cultural i artística, es va anar palesant la necessitat de gaudir d'una autonomia política que permetés de consolidar la cultura catalana i es va anar creant el catalanisme polític conservador, posterior al catalanisme d'esquerres republicà i federalista, que ja s'havia organitzat. Fou amb l'arribada d'aquest moviment conservador a la Diputació de Barcelona el 1906, amb Prat de la Riba i la creació de la Mancomunitat, que es van poder difondre les normes ortogràfiques que Pompeu Fabra havia començat a publicar el 1892 a la revista modernista l'Avenç. Ara bé, el 1892 Rusiñol ja tenia 31 anys. El seu període de formació literària, doncs, es va esdevenir en una època de debats i de

Fotografia de la Sala del Brollador del Museu del Cau Ferrat.
Sitges, 2018.
Fotografia de Guillem Fernández-Huerta. Arxiu Fotogràfic del Consorci del Patrimoni de Sitges.

El Museu del Cau Ferrat de Sitges és essencial per a compredre la vida i el tarannà artístic de Santiago Rusiñol, juntament amb la Biblioteca Museu Víctor Balaguer de Vilanova i la Geltrú. Víctor Balaguer, més gran que l'artista, fou un dels seus amics i confidents. Per a entendre la pintura de l'Escola d'Olot que va influir Santiago Rusiñol durant la seva primera etapa, va bé de visitar el Museu de la Garrotxa a Olot, que exhibeix el quadre *La càrrega*, una de les teles més impressionants del seu amic Ramon Casas. El lector també trobarà diverses teles de Santiago Rusiñol al Museu de l'Abadia de Montserrat i al Museu Nacional d'Art de Catalunya.

desacords encesos sobre quin havia de ser el model de català estàndard i de català normatiu, i aquest fet es nota en la llengua del seu teatre. Les normes ortogràfiques de Pompeu Fabra, avui acceptades per tothom, eren tema de debat durant la maduresa de l'autor. Entre el 1891, quan l'Avenç va publicar a Pompeu Fabra la gramàtica *Ensayo de gramática del catalán moderno*, i el 1913, quan les normes del lingüista són acceptades i difoses, hi ha més de 20 anys de diferència, i Santiago Rusiñol ja en tenia 52. Mentrestant, com altres escriptors de l'època, va inclinar-se per l'ús d'un català col·loquial. Segons Joan Fuster: «Se sotmet al dialecte de Barcelona sense cap control selectiu i, fins i tot, a efectes còmics n'accentua la castellanització.»[5] Però és molt possible que Rusiñol optés senzillament per la llengua col·loquial per ser ben entès en un gènere aleshores de masses mentre s'aclaria el debat normatiu. Altres escriptors del modernisme amb formació literària com Joan Maragall (Barcelona, 1860-1911) també partien del català parlat a Barcelona per expressar-se, i no es pot titllar Joan Maragall de no dominar prou bé els recursos literaris. En aquesta edició que el lector té a les mans, s'han mantingut les expressions col·loquials i els castellanismes que l'autor va introduir premeditadament i s'han regularitzat aquells que no eren intencionats i es devien al fet que encara no hi havia una normativa universalment establerta i acceptada per tothom.

5 Joan Fuster. *Literatura catalana contemporània*. Pàg. 98

Rusiñol, doncs, neix en un barri d'origen medieval i en una ciutat que canvia de manera accelerada per la industrialització. El naixement d'un moviment polític catalanista tampoc no és una cosa aïllada en el context europeu, ja que tot el segle XIX es caracteritza per l'esforç d'Itàlia i d'Alemanya per formar sengles nacions amb estats propis i es produeix, al seu torn, una renaixença cultural de nacions europees oprimides com l'hongaresa o l'escocesa. Així, els moviments de signe nacionalista, conviuen amb altres de signe més social: és quan es produeix la Guerra de Secessió als Estats Units (1861-1865) que impedeix la independència dels estats del sud i acaba amb l'esclavitud. A Europa la màquina de vapor accelera els transports amb el ferrocarril i els telers mecànics revolucionen la indústria. Mentrestant s'organitza el moviment obrer, ja que el creixement industrial també genera desequilibris. Josep Pla retrata molt bé l'efervescència cultural al seu llibre sobre Rusiñol i la seva època, però passa completament per alt aquests desequilibris. Cal tenir en compte que, quan neix Rusiñol, l'escola pública és pràcticament inexistent i que la protecció social dels treballadors en cas de malaltia o de jubilació també és escassa o nul·la. La distància entre mal viure del sou d'una fàbrica i quedar-se sense absolutament res en cas de malaltia és molt curta. Els infants són utilitzats a la mineria per netejar les conduccions de les mines de carbó, perquè són els únics que es poden desplaçar per l'estretor dels tubs de ventilació i són molts els miners que moren de malalties pulmonars. Algú com el nostre autor presenciava una societat en canvi, però el canvi no beneficiava a tothom de la mateixa manera. La tendència del modernisme a valorar formes d'art que temien que desapareguessin, com l'art de la forja del ferro, respon a aquesta negativa a acceptar que tot el que era nou fos bo i el vell no, perquè com diu l'historiador Yuval Noah Harari, els canvis en la història són irreversibles, però el canvi mai no està exempt de problemàtiques i aquests problemes provoquen reaccions en els qui el viuen.

Rusiñol esdevingué amb els anys un gran col·leccionista de ferro forjat. També fou un gran escèptic dels avenços tecnològics, i el seu primer viatge per Catalunya no el va voler fer amb tren, sinó amb carro, com a acte de protesta contra la nova societat seduïda per la velocitat i la pressa: veia a venir els problemes del canvi. El viatge amb aquell mitjà de locomoció tan lent, i tradicional, ja el va fer molt popular, i quan va passar per Vic li van regalar una llonganissa descomunal que ell i el seu amic Ramon Casas van atacar amb una bona gana. Aquest escepticisme respecte de la innovació tecnològica i industrial explica que, quan va arribar a París, bategés la torre Eiffel com la bandarra. La innovació tecnològica, per tant, no es va escapar del seu caràcter humorístic, i el 1905 va estrenar al teatre Romea *L'escudellòmetro,* on el protagonista inventa una gran olla a pressió que pretén acabar amb la fam a base d'escudella. De fet, un moviment tan innovador com el modernisme es caracteritza per la revalorització de formes d'art medieval, i la casa que es va fer l'artista a Sitges, el Cau Ferrat, actualment un museu, és un exponent clar d'aquest sentiment[6]. Al pròleg d'*Oracions* (1897) ja va dir: «La major part del que en diuen conquestes del progrés no em sedueixen ni m'agraden». D'una manera premonitòria l'escriptor es queixa de la uniformització que ens procurarà l'avenç tecnològic i de com aquest avenç s'aplicarà al que anomena l'art de matar. Rusiñol es queixaria sovint de com l'avenç tecnològic accelera el ritme de vida i ens duu a la pressa. Intuïa el que un segle després la nostra societat anomenaria estrès.

## EL TEATRE DEL SEGLE XIX

Per a Josep Pla, l'existència de les darreres colònies fins al 1898: Puerto Rico, Cuba i Filipines, produeix la puixança del tèxtil i una continuada bonança econòmica a Barcelona durant l'època de Rusiñol que explica la predisposició al lleure: «Gairebé tot el segle XIX fou un segle de facècia.»[7] Aquesta predisposició a la diversió explica l'auge dels balls de carrer o dels cafès: «el cafè era exquisit [...] El cafè valia vint-i-cinc cèntims. Els cafès eren grans, còmodes, amb grans miralls i els espaiosos bancs folrats de vellut vermell.»[8] Floreixen les tertúlies i proliferen també els teatres.

6 Vegeu la fotografia de les pàgines 16 i 17 d'aquest llibre.
7 Josep Pla, op. cit. pàg. 308.
8 Josep Pla, op. cit. pàg. 312.

El teatre té durant el segle XIX un paper estimulant en la societat comparable al que poden tenir les xarxes socials en l'actualitat. El moviment d'unificació italiana té una música i una escenografia en les obres de Giuseppe Verdi (1813-1901). Els italians s'identifiquen amb la seva òpera: *Nabucco* (1841) i veuen en l'opressió del poble jueu la seva pròpia opressió a mans dels austríacs. El teatre català tingué també una efervescència constant durant tot el segle XIX i va gaudir d'una gran popularitat. A Barcelona i a tot el país es construeixen teatres per iniciativa privada, sovint allí on hi havia hagut convents desamortitzats. Ara bé, així com l'emperador austríac participa monetàriament en la construcció de l'òpera de Budapest a canvi que sigui més petita que la de Viena, la burgesia catalana i els seus empresaris van construir sols el teatre del Liceu (1837) sense gairebé intervenció de la monarquia borbònica espanyola; es va pagar amb la venda de llotges i seients als qui en van finançar la construcció. L'empenta de construcció de locals teatrals, doncs, es deu de manera quasi exclusiva a la pressió d'un públic que es volia entretenir i divertir en una època en què no existia encara ni el cinema, ni la televisió, ni la ràdio.

El cas de Barcelona no és aïllat, la resta de ciutats de Catalunya i de València experimenten creixements proporcionals. El teatre, doncs, és un gènere de masses. Els memorialistes de l'època, com l'editor teatral Lluís Millà (1865-1946),[9] creador

9 Memòries inèdites conservades a la biblioteca de Catalunya

de la llibreria-editorial Millà (1901-2015), ens indiquen que tot sovint el públic interrompia els actors o xerrava durant la representació. Rusiñol tenia molt present aquest capteniment i per això afirmava: «Al públic, li agrada xiular o aplaudir. El que no resisteix ni un moment és avorrir-se. Quan l'autor sent que a la sala es comencen a bellugar les cadires i la gent comença a tossir, ja podeu resar un respons, perquè l'obra se'n va a l'aigua.»[10] Aquesta constatació d'algú que ha anat a teatre sovint i en coneix el públic explica tal vegada el que Joan Fuster qualifica de dialecte barceloní en el seu estil teatral.

En una època on el model de llengua literària encara s'estava definint, Rusiñol va optar, en un gènere aleshores de masses, per adreçar-se al públic en la llengua parlada que aquest públic emprava. El costum de cridar va anar desapareixent quan el gran escenògraf català del segle, Francesc Soler i Rovirosa (1836-1900), va deixar la sala a les fosques durant la representació, de manera que el públic fes els seus comentaris durant els entreactes. Autors populars com Frederic Soler (1839-1895) van dominar l'escena del teatre Romea fins a la seva mort. A la darrera dècada del segle XIX adquireix fama el teatre d'Àngel Guimerà, però no sense obstacles. La seva obra més coneguda, *Terra Baixa* (1896), s'estrena primer fora de Catalunya. És durant aquests anys que Santiago Rusiñol assoleix l'èxit com a dramaturg.

---

10 Maria Rusiñol. *Santiago Rusiñol vist per la seva filla*. Pàg. 70.

## SANTIAGO RUSIÑOL I EL MODERNISME

Els aleshores incipients autors modernistes s'emmirallaven en el teatre europeu més trencador, com el d'Ibsen (1828-1906) o Maeterlink (1862-1949), i les seves obres s'estrenaven sovint en petits cenacles. Rusiñol aconseguiria amb el seu teatre que s'hi apuntés tot el públic.

En el teatre, com a tot el modernisme, s'establiren dos grans grups: els modernistes de la bohèmia negra i els modernistes de la bohèmia daurada. Rusiñol, per la seva pertinença a la classe dels empresaris industrials, formava part de la daurada. Aquests dos grups també estableixen dues maneres d'entendre el món ric en tendències estètiques del modernisme. Segons Xavier Fàbregas: «El modernisme es divideix en dos grans vessants: un dit regeneracionista, que té una forta incidència en les reivindicacions socials i apareix , fins a cert punt, identificat amb els interessos de la classe obrera, i un altre d'influït per corrents simbolistes que fa de l'art per l'art la seva bandera.»[11] Santiago Rusiñol va pertànyer clarament a aquest segon grup. De fet ell fou un dels introductors del simbolisme a Catalunya amb *L'alegria que passa;* i un ardit defensor de l'art per l'art. El seu paper d'animador i constructor del moviment a través de les *Festes modernistes* de Sitges durant els anys noranta fou d'una gran importància. Ara bé, la realitat sempre és molt més variada que la teoria.

11 Xavier Fàbregas. *Història del teatre català.* Pàg. 171.

Quan va caldre, Rusiñol es va comprometre, però sempre ho feia a través del seu art i la seva literatura, no de la política activa. Segons Lluís Permanyer: «Rusiñol luchó por ser libre. Rusiñol fue patriota como el que más, y contribuyó de forma decisiva a levantar Catalunya, pero nada quería saber de banderías ni de consignas. Él se empeñaba en denunciar lo que le viniera en gana y cuando lo estimara oportuno: el militarismo (*L'hèroe*), el sistema establecido (*El místic*) o aspectos culturales (*Els Jocs Florals de Canprosa*); todo dependía de lo que en cada momento le pidiera el cuerpo.»[12] És possible que, tant per part de Rusiñol com de Ramon Casas, la defensa de l'artista constituís també una campana de protecció premeditada en una societat que perseguia des de l'estat i de manera contundent l'anarquisme, la revolució i el pensament crític. Com diu Xavier Fàbregas: «Durant els primers anys de segle constatem alguns canvis substancials en l'actitud del modernisme, que de mica en mica abandona la seva primitiva intransigència envers la societat constituïda. Són diversos els factors que incideixen en aquest canvi: d'una banda, el fracàs pràctic de l'anarquisme, desarticulat per una repressió constant i duríssima, de l'altra, la consciència cada cop més clara per part dels intel·lectuals adscrits al modernisme estètic que llur recerca de l'ideal només pot ésser prosseguida si la societat burgesa els acotxa convenientment.»[13] Rusiñol era molt conscient de

12 Lluís Permanyer. *Rusiñol luchó por ser libre*. Barcelona. Diari La Vanguardia. Cultura. Pàg. 6
13 Xavier Fàbregas. *Aproximació al teatre català modern*. Pàg. 155.

la necessitat d'aquest acotxament perquè volia dedicar-se exclusivament a l'art. El fet és que el grup més regeneracionista, format per Jaume Brossa (1875-1919), Pere Corominas (1870-1939) o el dramaturg anarquista Felip Cortiella (1871-1937) va patir una persecució radical. Si llegim les obres teatrals que indica Lluís Permanyer ens adonem que, malgrat la vocació esteticista de Rusiñol, res no escapava a la seva mirada crítica. La seva reivindicació de l'art era sincera, el seu escepticisme polític també, però això no vol dir que visqués fora del món i que no fos sensible al que s' hi esdevenia ni en parlés.

Un dels primers estudiosos del teatre català, Josep Yxart (1852-1895), era amic de Rusiñol. Rusiñol va començar escrivint obres breus, en un acte, amb un estil simbolista i decadentista. El teatre de Rusiñol pretenia desfer, seguint les directrius del seu amic i crític Yxart, les afectacions i amaneraments tradicionals dels actors i actrius catalanes. Yxart demana més naturalitat i versemblança en la tècnica interpretativa. Rusiñol va trobar les dots interpretatives que buscava en l'actor que segurament va rebre un reconeixement més unànime de l'escena catalana: Enric Borràs.

El modernisme sorgeix per la transformació de la societat catalana. Fet i fet, és amb aquest moviment cosmopolita que la literatura catalana es posa al dia amb les literatures europees i s'hi relaciona amb simultaneïtat. Si el romanticisme i el realisme havien entrat amb una certa lentitud a la cultura catalana i amb uns escassos resultats fins al darrer terç del segle XIX quan aparegueren el poeta mossèn Cinto Verdaguer (1845-1902), el dramaturg Àngel Guimerà (1845-1924) i el novel·lista Narcís Oller (1846-1930), amb el modernisme ja no és així. Les grans figures d'aquest moviment apareixen simultàniament als equivalents europeus: l'Art Noveau francès, el Sezessionstil autríac o el Modern Style anglès. Els modernistes defensen una llibertat total. A la pràctica el modernisme fou eclèctic; hi van confluir el decadentisme, el pre-rafaelitisme, el simbolisme, el naturalisme[14]... Tots aquests moviments artístics ja s'havien produït durant el segle XIX. Cada autor els combinarà amb diferents intensitats.

Rusiñol fou, en ell mateix, definidor del que calia entendre per modernisme. Poc després de casar-se i d'haver nascut la seva filla, va deixar el negoci familiar per dedicar-se exclusivament a l'art i va marxar a París. Entre els modernistes neix amb força la idea de l'artista dedicat en exclusivitat a la seva vocació. Alguns d'ells es miren l'art com una forma de viure i d'entendre la vida, conceben la seva vocació com una particular religió. Ara bé, tot i que ells mateixos són fruit d'aquesta evolució cap a la modernitat, la situació de marginació de la seva llengua i cultura no sempre permetrà aquesta professionalització, perquè molts no accepten cap servitud al mercat i detesten l'utilitarisme. En el cas de Rusiñol, com en el del

---

14 Els moviments literaris (naturalisme, pre-rafaelitisme, decadentisme, simbolisme i regeneracionisme) apareixen descrits a les propostes didàctiques de la pàgina 174: ***http://rouredecanroca.blogspot.com***

poeta Joan Maragall, la situació es va salvar per la col·laboració econòmica de la família. Rusiñol n'és ben conscient quan a la seva novel·la i obra teatral més popular, *L'auca del senyor Esteve* (1907/1909), el conflicte entre el jove que vol ser escultor i l'avi que ha dedicat tota la seva vida a la botiga familiar se salda amb la mort de l'avi que pagarà «el marbre», és a dir, la professionalització de l'artista que segurament s'inspira en la figura del seu amic escultor Clarassó. Però molts altres modernistes no podran gaudir d'aquest favor econòmic familiar, de manera que es creen dos grans grups, el de la bohèmia daurada a la qual pertanyia Rusiñol, i el de la bohèmia negra a la qual pertanyien d'altres, com per exemple el novel·lista i dramaturg Joan Puig i Ferreter (1882-1956). No són pocs els artistes d'aquest segon grup que acabaran suïcidant-se, emmalaltint o emigrant en no poder materialitzar la seva vocació. Un dels principals mentors del modernisme, Raimon Casellas (1855-1910), amic de Rusiñol, es va suïcidar tirant-se a la via del tren a Sant Joan de les Abadesses; tot sembla indicar que caigué en una depressió quan es va anar veient marginat pels joves noucentistes al servei de la Mancomunitat de Catalunya d'Enric Prat de la Riba i temia perdre la feina al diari que representava aquest moviment, *La Veu de Catalunya*. La temptativa modernista d'un artista lliurat amb independència al seu art no sempre va acabar bé. Quan Rusiñol va tenir enllestida la versió teatral de la novel·la de *L'auca del senyor Esteve*, cap empresari no va apostar per la seva estrena l'any 1910 i es va demorar en el temps. L'obra que retratava de manera entranyable el botiguer català i en creava l'arquetipus no va rebre suport de cap empresari. S'entenen, doncs, les diatribes de l'artista als discursos de les Festes Modernistes dels anys 90 contra la seva pròpia classe social.

Hi ha dues idees antagòniques al si del modernisme molt marcades per l'obra d'Henrik Ibsen, *Un enemic del poble* (1882). D'una banda els modernistes creuen que l'artista és un avançat a la seva societat, de l'altra consideren aquesta societat com una massa irracional o atàvica que no els entén. És a l'artista, a l'individu, a qui creuen que cal fer cas. Aquesta idea és molt present al final de l'obra que ens ocupa, *L'alegria que passa*. Ara bé, també cal tenir molt present que el sorgiment de figures cosmopolites en la nostra cultura, com Rusiñol o Maragall, no hauria estat possible sense que la societat entrés en aquesta modernitat que els mateixos artistes consideren que el seu entorn no tenia. Com acostuma a passar en l'art, l'artista va per davant de la seva societat, però aquesta mateixa societat que no s'adona del que està eclosionant no pot anar tan per darrere d'ell com sembla, perquè si hagués estat així no l'hauria creat. En aquest sentit, Rusiñol és fill ja d'una burgesia prou cosmopolita que encara no es reconeix prou bé a ella mateixa d'aquesta manera i d'aquí la contradicció. La contradicció augmenta quan reflexionem sobre alguns dels aspectes del mateix moviment, ja que la idea d'aquest artista dedicat de manera pura al seu art, aliè a les preocupacions del seu propi sosteniment, no deixa de ser més nobiliària que burgesa... Si mirem la trajectòria de Rusiñol ens adonarem que és molt més professional del que sembla perquè sempre va estar atent a la sortida comercial del que feia sense sacrificar la seva llibertat personal; el que s'esdevenia és que no donava gaire importància a aquesta actitud i, en canvi, posava més de relleu la mística de l'artista modernista als seus discursos. Finalment, fins i tot les avantguardes dels anys 20 i 30 del segle XX, per materialitzar la seva revolta, van haver de passar per les regles del mercat i ho van fer tan bé que trobem pintors esdevinguts milionaris com Salvador Dalí (1904-1989) o Pablo Picasso (1881-1973)...

I és que Catalunya va anar canviant lentament entre els anys 90 i la Primera Guerra Mundial. Ja el 1889 la filla de Rusiñol, Maria, vestida de xinesa, guanyava el quart premi de disfresses al ball del Cercle Artístic de Barcelona, on el seu pare participava activament intentant emular els refinats carnavals que havia vist en el seu viatge a Niça. Durant la Primera Guerra Mundial, a l'avinguda del Paral·lel de Barcelona van créixer els teatres de varietats on la burgesia industrial es gastava els diners guanyats gràcies a la seva neutralitat mentre proveïa una Europa en guerra. En els anys que van anar de 1890 a 1918 els costums de la burgesia barcelonina es van anar refinant i el mateix Rusiñol reconeixia que estava apujant el preu dels seus quadres quan li ho preguntaven en la intimitat i sense gent al davant.

# EL MALESTAR SOCIAL I EL DEBAT IDEOLÒGIC DURANT LA JOVENTUT DE L'ARTISTA

La darrera dècada del segle XIX va caracteritzar-se per una gran intensitat política, social i cultural. Cal tenir en compte que, si ja trobem Rusiñol treballant el 1875 amb catorze anys a l'oficina de l'avi; els fills dels treballadors no era estrany que comencessin a treballar als vuit anys i que no cursessin ni l'educació primària. Més de la meitat de la població era, doncs, analfabeta i no podia constituir un mercat lector que sostingués els escriptors professionalment a través de la venda dels seus llibres. A principis del segle XX els obrers formaven rotllanes a la Rambla de Canaletes de Barcelona mentre el qui sabia llegir el diari ho feia en veu alta per informar els altres.

El malestar social dels obrers barcelonins es va anar articulant al voltant de l'ideari anarquista; alguns anarquistes es van radicalitzar, propugnaven l'acció directa, l'atemptat violent com a fase prèvia a la revolució social. Els atemptats van començar a sovintejar el 1890 i l'estat va respondre amb la Llei de Repressió de l'Anarquia i el Terrorisme. L'any 1893 l'anarquista Santiago Salvador va llançar dues bombes Orsini a la platea del gran teatre del Liceu de Barcelona. Només en va explotar una, però va causar una vintena de morts i més de cinquanta ferits. Entre els ferits que es van recuperar hi havia la dona i el germà de Rusiñol, Albert Rusiñol (1862-1928) i Lluïsa Denís (1862-1946). La violència anarquista i la repressió del moviment obrer van protagonitzar tota la dècada. El 1897 un anarquista italià va respondre assassinant el president del govern espanyol Cánovas del Castillo. Presidents, reis o reines també foren assassinats durant aquells anys a França, Àustria o els Estats Units. En aquest context, un pintor com Santiago Rusiñol, que se situava en la mena de modernisme anomenat de l'art per l'art, representava un alleujament per a la burgesia, que veia en els seus quadres el refinament i la llum d'un període fosc.

L'any 1888 es va fer l'Exposició Universal de Barcelona. El republicà Valentí Almirall va publicar *Lo catalanisme* el 1886, i el bisbe Torres i Bages de Vic va publicar-ne una rèplica conservadora el 1888 amb el títol *La tradició catalana.* El bisbe també va contestar alguns dels arguments modernistes de Rusiñol i la seva consideració de l'artista com a missatger messiànic de l'art. D'una banda li interessava aquell caràcter religiós, de l'altre els modernistes entraven en la religió -el seu terreny-, però prescindint de cap creença divina, i això el devia inquietar.

El 1887 el catalanisme es va fragmentar en dos i el catalanisme conservador va començar el seu recorregut. El seu germà Albert, del partit liberal, va adscriure's a aquest nou catalanisme no republicà que propugnava la transformació del país pel treball i la producció. Tot i que Santiago Rusiñol odiava la política, l'afecte que sentia pel seu germà el va dur a fer mítings i se'n recorden algunes exageracions com la seva tendència a prometre que faria ponts i camins per tot arreu; aquí es van acabar les intervencions de l'artista en la política. Paral·lelament al catalanisme conservador o republicà, s'anava estructurant a tota Espanya el regeneracionisme que propugnava la modernització econòmica i social del país. Aquest moviment, després de la derrota de l'armada espanyola per la dels Estats Units i la pèrdua de Cuba el 1998, donava per acabat el període imperial espanyol i propugnava una renovació en profunditat de la societat espanyola que considerava decadent. Mentre està passant tot això Rusiñol farà els seus viatges i les seves estades a París. Tornat a Catalunya es dedicarà a crear santuaris on poder viure el seu art.

## VIDA.
## NAIXEMENT I ANYS DE FORMACIÓ

Quan Santiago Rusiñol va néixer l'any 1861 estava destinat a ser l'hereu d'una família de sis germans, tres dels quals moriren aviat. L'avi el va integrar al negoci familiar des dels catorze o quinze anys. En canvi, cap als setze anys, ell va decidir per pròpia voluntat d'assistir a classes de dibuix i pintura a l'acadèmia del pintor Tomàs Moragas, que és qui li va fer venir l'afecció pels ferros vells i qui també va proporcionar una sòlida tècnica pictòrica a qui va ser el seu millor alumne. Els oficinistes del carrer Princesa 37 amb qui treballava de ben jove s'admiraven dels dibuixos que feia a l'altra cara dels papers; però l'avi Jaume el veia com a hereu pel fet de ser el germà més gran

Ramon Casas.
*Rusiñol sobre un llum de ferro forjat.*
Barcelona, 1893.
Pintura a l'oli sobre tela.
Museu del Cau Ferrat, Sitges. Col. Santiago Rusiñol, núm. inv. 32.008.

i no simpatitzava amb les inclinacions artístiques d'aquell noi.

Quan comença a participar a la vida pública s'està articulant d'una banda l'excursionisme i de l'altra el catalanisme polític. El 1880 Rusiñol va ingressar a la Joventut Catalanista. El 1878 havia ingressat a l'Associació Excursionista Catalana, on va presentar el seu primer llibre de viatges: *Impressions d'una excursió al Taga, Sant Joan de les Abadesses i Ripoll.* El 1882 hi va llegir *Lo castell de Centelles* i va publicar cinc ressenyes a l'Avenç. Són, doncs, aquestes sortides de l'oficina de Barcelona les que provoquen en Rusiñol l'aparició de l'escriptura literària en forma de llibres de records i de viatges. El 1878 va participar amb un quadre a l'Exposició del Foment de les Belles Arts. El 1879, amb dinou anys, portava un quadre a la setmana a la sala Parés. La dada no és gens menyspreable perquè trenca amb la imatge barrilaire i festiva que es té de l'artista. Als dinou anys ja en feia cinc que treballava amb l'avi. Fou una persona que va treballar tota la seva vida, i la seva lluita personal no es definiria durant els anys següents a l'entorn de treballar o viure de renda, sinó de treballar com a empresari o com a pintor. El 1880, sempre guiat per Moragas, es va inscriure a l'Ateneu Barcelonès, i el 1881 hi va exposar unes aquarel·les sense que la crítica li fes gaire cas. Entre 1882 i 1885 assistí a classe al Cercle d'Aquarel·listes, que també comptava amb sales de debat on els pintors sostenien animades discussions sobre l'art. D'aquella època són els quadres de la pàgina 97. Amb tot, Rusiñol no va arribar a cursar mai estudis de batxillerat, ja que es passava el dia a les oficines de l'avi, un fet que els detractors de la seva obra van aprofitar per desacreditar-lo. Ell es queixaria sovint a les seves obres d'aquesta actitud antieducativa i anticultural d'aquella burgesia d'origen medieval que s'anava enriquint i que no es podia comparar a la de París. *L'alegria que passa* i *L'auca del senyor Esteve* són dues obres que traslladen el conflicte modernista entre l'individu i la societat, que ja presenta el teatre d'Ibsen amb *Un enemic del poble,* a un pla més familiar: la pugna de l'artista jove per formar-se i realitzar la seva vocació amb l'oposició del poble i de la família.

Rusiñol va compensar aquesta manca de formació secundària amb una gran capacitat per copsar els nous corrents que estaven a punt d'eclosionar. El seu temperament artístic, tot i que s'arrelava fermament en la cultura del seu país, estava amatent a tot el que passava al món i esdevingué, amb el temps, molt cosmopolita i extremadament refinat en la seva pintura simbolista de jardins[15]. L'any 1886, durant el seu primer viatge a Paris, els pintors que l'impressionaren més al Saló Anual de Belles Arts foren els nord-americans i els suecs. Va dedicar el seu viatge de noces a anar al saló cada dia...

Tot plegat va fer prou palès a l'avi que el seu net tenia inclinacions artístiques, i s'hi va oposar frontalment a partir dels anys 1880-82. Com que el seu pare va morir el 1883, el jove Rusiñol va haver d'amagar pinzells i quadres per evitar discussions amb l'avi, de qui depenia. El poeta modernista Joan Maragall

15 Quadres de jardins de la pàg. 112 d'aquest llibre.

(1860-1911), tenidor del quadre d'Erik Satié, també feia servir l'altra cara dels fulls de l'oficina de la fàbrica familiar on treballava, però en comptes de dibuixos hi escrivia versos. Moltes famílies catalanes de finals del segle XIX encara no acceptaven amb facilitat les inclinacions artístiques dels seus fills.

Santiago Rusiñol assistia a les classes al vespre, després de la feina, mig d'amagat de l'avi. Per mantenir aquesta doble vida comptava amb un doble domicili que l'ajudava a dissimular-la: el de l'avi al carrer Princesa i la casa dels pares a la Gran Via 300, primer pis, on la família Rusiñol havia començat a viure l'any 1880. Aquells anys d'aprenentatge van culminar el 1885 amb l'exposició d'aquarel·listes: Rusiñol hi va presentar tres olis i dos dibuixos.

Durant aquells anys va conèixer l'escultor Enric Clarassó (1857-1941), amb qui va tenir un estudi al carrer Muntaner número 38; també va conèixer el pintor Ramon Casas (1866-1932), que li fou presentat per l'escultor. Dues amistats més es van afegir a la colla: el polifacètic Miquel Utrillo (1862-1934), i el gravador Ramon Canudas (†1912), aquests dos darrers al Centre d'Aquarel·listes. Miquel Utrillo seria amb el temps el creador del poble espanyol de Montjuïc a Barcelona i també un dels impulsors de l'enciclopèdia Espasa; fou un home d'una gran capacitat de treball. Rusiñol va mantenir amb Ramon Casas una amistat que va durar tota la vida. Casas fou una inspiració vital per a Rusiñol, ja que va poder marxar a París a estudiar pintura el 1881, abans que ell.

Aquest grup va acabar de cristal·litzar el 1888 durant l'Exposició Universal. La pintura de Rusiñol es va anar definint de manera diferent a la dels seus antecessors: «N'hi ha prou, em sembla per a deduir la sorpresa considerable de la gent en trobar-se davant d'un grup de pintors, entre els quals hi havia Santiago Rossinyol, l'única preocupació dels quals era veure les coses tal com són, és a dir en la seva emocionada i autèntica bellesa. Si una revolució vol dir l'abandó d'uns prejudicis, aquesta fou una revolució. La primera novetat és aquesta: Rossinyol no té taller. Pinta a l'aire lliure. Alguns ingredients considerats nefands per la pintura oficial -l'aire, la llum- entren en la seva pintura des dels primers moments.»[16] I Josep Pla hi afegeix que l'abandó de la pintura d'estudi no fou inicialment ben rebut pel públic. Segons Vinyet Panyella: : «Casas es considera un pintor en el qual els sentits, i entre aquests, la sensualitat, tenen un paper predominant; Rusiñol és el pintor de la poesia i dels sentiments.»[17] Tots dos es complementaven.

El 19 de juny de 1886 es va casar amb Lluïsa Denís i es va instal·lar al pis de la Gran Via de Barcelona. El matrimoni fou per amor i les dues famílies hi van estar d'acord. Havien festejat dos anys, sempre acompanyats per algú de la família que els vigilava com era costum fins fa cinquanta anys. El 1887 va néixer la seva filla Maria i també va morir l'avi. Els tres germans Rusiñol: Santiago, Albert i Josep Maria, van quedar com

16 Josep Pla. *Tres artistes.* Obra completa 14. Pàg. 325.
17 Vinyet Panyella. *Santiago Rusiñol, el caminant de la terra.* Pàg. 46.

a hereus universals. Maria Rusiñol, la filla de l'artista, explica a les seves memòries que la seva mare va estar molt al damunt del seu pare perquè exercís de cap de família com a empresari.[18] La sogra era vídua i vivia amb la parella perquè la Lluïsa no l'havia volgut deixar sola. La presència de la sogra no va ajudar a la tranquil·litat de les relacions del matrimoni, ja que era qui més el pressionava, juntament amb l'avi Jaume, perquè exercís com a hereu i es fes càrrec de la fàbrica. Rusiñol havia cobejat el desig de poder assolir una certa independència i felicitat amb aquell matrimoni, ja que Lluïsa Denís també tenia una sensibilitat artística com ell,[19] de fet s'havien conegut protagonitzant obres de teatre durant les vacances d'estiu al balneari de Sant Hilari de Sacalm. Però es va trobar que, a la pressió de l'avi, se n'hi van sumar dues més.

## 1888-92. L'ÈPOCA DE MONTMARTRE. ANYS DE MADURACIÓ

L'avi va deixar, a més, a Santiago Rusiñol un llegat monetari de 10.000 duros. Segons Vinyet Panyella això li donava l'oportunitat de disposar de prou diners per dur a terme els projectes artístics que esperava poder realitzar des que tenia setze anys. La intenció d'aquest llegat per part de l'avi era que posés seny, però va produir just l'efecte que l'avi no desitja-

18 Maria Rusiñol, op. cit. pàg. 51.
19 Cf. pàg. web de Lluïsa Denís a wikipedia.org.

va.[20] El 1888 va arribar a un acord amb el seu germà per tal que aquest es fes càrrec de la fàbrica, i Rusiñol ho va abandonar tot per la pintura. Feia tretze anys que treballava a l'oficina del carrer Princesa i en tenia vint-i-set.

Després d'una estada a Poblet pintant les ruïnes ja no va tornar a casa i se'n va anar a fer un viatge amb carro per Catalunya amb Ramon Casas. Aquell viatge, del qual se n'han explicat un munt d'anècdotes, tenia una part més meditada del que sembla: Rusiñol va escollir el carro per oposició a les idees del maquinisme i de la velocitat que començaven a obrir-se pas en la societat. L'afany de lucre i el luxe no li interessaven. En realitat Rusiñol sempre va ser un gran escèptic i també ho fou del progrés tecnològic i de l'ideari burgès que pensava que no alliberaria la humanitat, com tampoc no ho pensava de les noves idees obreristes que s'obrien pas. Connectava així amb els vessants decadentistes i pre-rafaelites que respiraven els modernistes belgues. Al setembre d'aquell any, després del viatge en carro, en va venir un altre de liderat per Ramon Casas i que fou amb bicicleta de Vic a Barcelona. La fama de sportman de Casas és la que va motivar el quadre reproduït a la pàgina 100 d'aquest llibre.

Tot i que el trencament amb Lluïsa Denís fou una autèntica ruptura familiar, aquell noi del carrer Princesa sempre va tenir en compte l'economia en l'aspecte familiar, però també en l'artístic. Segons Vinyet Panyella, abans de marxar va sig-

20 Vinyet Panyella. *Santiago Rusiñol, El caminant de la terra.* Pàg. 33.

nar davant de notari l'autorització marital perquè Lluïsa Denís disposés de tots els béns que li eren propis, de manera que ella tingués independència econòmica. Tot seguit, en Josep Maria, el germà petit, va cedir la seva tercera part als altres dos germans, i Santiago Rusiñol va atorgar plens poders al seu germà Albert per dirigir els negocis; tots dos van fer testament l'un a favor de l'altre. Comptava amb la complicitat del germà mitjà, l'Albert, amb qui sempre va tenir una relació fraternal i incondicional.[21] En realitat el seu germà era qui sentia una vocació empresarial que també fou política: va dirigir la fàbrica i acabà tenint càrrecs importants de representació en el sector empresarial –presidí el Foment del Treball Nacional– i també fou elegit diputat a Vic per la Lliga, el naixent partit de la dreta catalanista conservadora. Gràcies al seu germà, Santiago Rusiñol es va veure alliberat de les seves obligacions i es va poder dedicar completament a pintar i a escriure. Molts altres artistes modernistes de condició econòmica més humil es van veure empesos a situacions de misèria radical que acabarien en més d'un suïcidi. Però, tal com diu Raül Garrigasait, Rusiñol havia heretat de la seva família un sentit comptable en les seves activitats. Al principi el va salvar l'entorn familiar, però a partir del seu èxit es va autosostenir, contràriament al que escampava la rumorologia. Segons l'escriptor Josep Pla, Rusiñol es va acabar guanyant millor la vida com a artista que com a empresari, un fet gairebé

21 Vinyet Panyella, op. cit. pàg. 70-79.

novedós i excepcional en la societat catalana del segle XIX.

Quan anava a l'acadèmia Moragas l'artista admirava Roma com a capital de l'art, però a partir de 1883 va començar a reflectir la influència naturalista en els seus dibuixos. Per Nadal de 1889 va exposar la seva producció naturalista a la sala Parés.[22] Hi va exposar conjuntament amb Casas i Clarassó, i aquella va ser la primera de les exposicions que els tres artistes realitzarien durant molts anys a la sala.

Arribà a París quan s'acabava de bastir la torre Eiffel. El setembre de 1889 es va instal·lar en una casa als números 14-16 de la rue d'Orient, al barri bohemi de Montmartre i molt a prop del Moulin de la Galette.[23] En aquella casa va formar amb els seus amics el que Josep de C. Lapalana descriu com a «mena de falansteri català, artístic i àcrata.»[24] En aquella època és quan perfila la imatge de l'artista més lligada a un determinat vestuari. Segons Josep Pla: «Creen un autèntic uniforme dels artistes. El barret ample a la Rubens, la xalina, la roba obscura, els pantalons de suau. Practiquen l'hirsutisme, són peluts, no s'afaiten ni es tallen els cabells. Rossinyol, que té una gran estampa física, produeix amb aquest uniforme un efecte magnífic. [...] La vida moderna dona a la higiene una importància que mai potser l'home no havia sentit. Ells, però, no senten la higiene. A penes es renten. Vesteixen amb abandó, viuen en la

---

22 Quadres de les pàgines 97, 98 i 100 d'aquest llibre.

23 Quadre de la pàg. 103 d'aquest llibre.

24 Josep de C. Lapalana. *Santiago Rusiñol. El pintor. L'home.* Pàg. 87.

brutícia.»[25] En realitat, la seva vida bohèmia no ho era del tot si tenim en compte que, tant Casas com ell, tenien el que els seus amics denominaven un bon «passament» que els garantia la seva posició social. D'altra banda Rusiñol era un treballador incansable, no era la mena de bohemi lliurat a la festa i poc feiner, ja havia treballat amb l'avi una bona part de la seva vida i va continuar treballant com a escriptor i pintor, cosa que tampoc no coincideix gaire amb els estereotips bohemis. El que Rusiñol es procurà anímicament a París fou la mena de joventut aventurera i sense preocupacions i obligacions que sota l'aixopluc de l'avi no havia tingut a Barcelona. A París les coses eren diferents, les dones tenien més iniciativa i el pintor es deixa seduir... Casas, tot i que era cinc anys més jove que ell, ja feia temps que circulava per la capital de França. La família de Casas no acceptava algunes de les seves relacions amoroses amb noies que no eren de la seva classe social i el va enviar cap a París per distanciar-lo d'aquests amors. Pel que fa a Rusiñol, si a Barcelona havia anat a l'acadèmia Moragas al vespre, a París va anar a l'acadèmia d'Henri Gervex de bon matí. Aquest canvi no era poc. La pintura agafava tota la centralitat en la seva jornada i deixava de ser un passatemps.

Des de Barcelona Rusiñol ja havia escrit sobre les seves excursions al Taga, a Centelles, el viatge en carro i un altre amb bicicleta. Els seus articles sobre la vida i els ambients de París van consolidar la seva vocació literària. El París que inte-

25 Josep Pla. *Tres artistes.* Obra completa 14. Pàg.338-339.

ressa a Rusiñol i que admira és el de l'abundor de llibreries i de sales d'exposició, el d'una societat abocada a l'art, la qual cosa fa que l'artista tingui moltes més possibilitats de professionalitzar-s'hi. Són anys de maduració al barri de Montmartre.

L'any 1892 Josep Yxart va publicar a la Vanguardia els articles *Enrich Ibsen* i *Los dramas de Maurice Maeterlink*. És el tret de sortida per al modernisme. El 1892 Ramon Casas i Santiago Rusiñol participen al Saló del Champ de Mars i són percebuts com a pintors moderns. Santiago Rusiñol descobreix París, Granada, Amsterdam, Puigcerdà, Rouen, Consuegra i Sitges. A Sitges instal·la el Cau Ferrat i celebra les Festes Modernistes, que dinamitzen el moviment. Es torna addicte a l'absenta i la morfina mentre centra la seva vida en l'art i en les seves amistats: Josep Yxart, Ramon Casas, Ramon Canudas, Miquel Utrillo, Enric Clarassó, Zuloaga i Raimon Casellas (1855-1910). Lluïsa Denís creu que aquest entorn és qui el porta pel camí de les drogues. Rusiñol es refiarà de Clarassó per a la tria de la seva col·lecció de ferros forjats, que encara es conserva al museu del Cau Ferrat de Sitges. La seva afecció al col·leccionisme completarà un tercer vessant artístic i sintonitza amb el plantejament que fa el modernisme sobre l'artista total que no es queda en una única faceta artística; obeeix als concepte de l'artista modernista i segueix els plantejaments de William Morris (1834-1896), fundador del moviment *Arts and Crafts*, que propugnava la conservació de les arts medievals i s'oposava a l'utilitarisme industrial perquè considerava que acabava amb la bellesa artística dels objectes fets a mà.

També durant aquells anys coneix el músic Erik Satié (1866-1925) i Joséphin Péladan (1858-1918). Péladan li fa conèixer els esotèrics de la Rosa-Creu, a la qual també pertany Erik Satié. Segons J. de C. Lapana el pintor no va sintonitzar amb Péladan, però va visitar l'exposició de pintors de la Rosa-Creu i en va triar alguns. «Rusiñol es trobava tan lluny d'aquests pintors simbolistes que s'aixoplugaven sota el signe de la Rose+Croix com dels puntillistes. Però de la mateixa manera com assumia valors temàtics i temperamentals propis de l'impressionisme -aire lliure, espontaneïtat, vida moderna i quotidiana- es deixà amarar cada vegada més per una sensibilitat decadentista i deliqüescent d'origen i de tendència simbolista.»[26] Per aquesta raó ja trobem una intencionalitat simbòlica en els dos personatges principals de *L'alegria que passa,* que representen el conflicte entre l'art i el materialisme.

Rusiñol interioritza la creença que l'art és com una religió i, la condició d'artista, una revelació, de manera que comença a definir la mística artística que traspua la seva obra. Péladan creia en la religió de la bellesa com a remei contra la lletjor del món que l'envoltava. Aquesta religió de la bellesa es concretava en el misticisme oriental a través d'una expressió artística espiritualista i simbòlica.[27] Segons Raül Garrigasait: «El

---

26 Josep de C. Laplana. *Santiago Rusiñol. El pintor, l'home.* Pàg. 140-141.
27 Rusiñol va pintar Erik Satié. Retrat de la pàg.101 d'aquest llibre.

1886 [Satié] va compondre quatre peces molt breus per a piano, les Ogives, que tècnicament no podrien ser més senzilles. Són música sense compàs, amb una línia melòdica que fa pensar en el cant gregorià, i que al començament es presenta absolutament despullada i tot seguit amb harmonitzacions consonants, solemnes, sense gens de tensió. Sonen com si tota l'agitació cromàtica dels romàntics i l'arquitectura dels clàssics i el contrapunt dels barrocs no haguessin existit. Són una música que atura el món, o que se situa amb un salt fora de la història. Semblen rudimentàries, i ho són, però les Ogives fan una cosa molt més difícil que les tècniques més complexes de composició: creen una sensibilitat. És una sensibilitat que té al darrere un munt de malestars, malestars socials, malestars davant els ídols del progrés, de la producció, dels diners, de la sentimentalitat romàntica, però els fa desaparèixer, els anul·la sota la ressonància harmoniosa d'una música sense friccions, que no vol conduir a cap cadència ni crear expectatives.»[28] Erik Satié va tocar l'harmonium per a tota la colla bohèmia de Montmartre durant la festa de Nadal de 1891. La seva interpretació va ser tan extraordinària que van quedar-ne molt impressionats. El compositor es considerava a ell mateix no un músic, sinó un «fonometrògraf», és a dir, algú que mesura i escriu els sons. Hi ha un vessant d'escoltador de sons que resulta molt artístic i natural alhora. Satié només necessita un piano per compondre una melodia neta

28 Raül Garrigasait. *El fugitiu que no se'n va.* Pàg. 26-27.

que resultarà intensament evocativa sense necessitats d'acompanyament i orquestra; era la sensibilitat que Rusiñol volgué donar a les seves teles. El músic també va explicar la seva concepció musical al pintor, així que Rusiñol va debatre amb una sensibilitat musical de primer ordre que estava posant els fonaments per a la música de les dècades següents. La permeabilitat del pintor per a noves formes d'art l'estava posant amb el grup de sortida d'una nova manera de sentir i de compondre. Anys a venir, durant els trenta anys del segle XX que el pintor va dedicar a pintar els seus jardins, el tipus d'estètica que hi desenvolupa harmonitza amb la música de Satié.

Joséphin Péladan: «veia l'art com una «recerca de Déu per la Vida i la Forma» que havia de transmetre una impressió més complexa i profunda que la realitat, una impressió del més enllà. L'horroritzava la idea que l'art s'hagués de farcir dels objectes i les necessitats de l'època que el veia néixer; considerava que l'obra autèntica només podia sorgir si els artistes s'omplien el cor i l'esperit de sentiments permanents i idees eternes»[29]. Per a aquella generació l'art no havia d'estar al servei de la comercialitat ni de la utilitat, sinó que havia d'expressar la bellesa. I, tanmateix, tot expressant aquest concepte de bellesa, les arts decoratives del modernisme van assolir un gran èxit comercial: la societat evolucionava i començava a consumir l'art. El contacte amb aquest pensament que Rusiñol va trobar a París i que, en aquell moment, no es

29 Raül Garrigasait, op. cit. pàg. 30-31.

Enric Clarasó,
Santiago Rusiñol i
Miquel Utrillo, s.d.

Museu del Cau
Ferrat, Sitges. Col.
Santiago Rusiñol,
núm. inv.
32.119-6

coneixia a Barcelona, aniria marcant la seva literatura i la seva pintura, les quals van evolucionar pels camins del simbolisme. Inicialment l'interès de Rusiñol per Satié era pictòric, el seu posat i vestit eren d'un perfecte bohemi i quan el va veure va exclamar: «ja el tinc», però el que Satié va donar a Rusiñol en el terreny de les idees fou decisori i la relació entre tots dos va durar tres anys.

L'any 1892 ja s'havia decantat pel simbolisme decadentista. Aquesta mena de conversió en una religió de l'art, en una manera de viure, es produeix precisament amb la maduració de la societat industrial que Rusiñol sempre va contemplar críticament i amb escepticisme. En realitat el naturalisme i el simbolisme reaccionen davant del món industrial que es descabella, però ho fan de manera diferent, el naturalisme amb esperit realista i científic; el simbolisme des d'una òptica espiritual i més metafísica. L'artista, per als modernistes, és un heroi que no ha de deixar-se engolir per la massa. La violència i la pobresa de la societat en la qual li va tocar viure atemptaven contra la fina sensibilitat del jove Rusiñol. La seva manera de suportar el món que l'envoltava era pintar deu i dotze hores diàries durant l'etapa de París a la Société de la Palette on feia classe Henri Gervex (1852–1929).

Durant aquells anys també escrivia cròniques sobre les modes parisenques a *La Vanguardia*. Mentrestant intentaven entrar com a societaris del Champ de Mars. Els va costar molt. Ramon Casas ho va aconseguir el 1903 i Rusiñol el 1908.

## 1893-99. ANYS DE CONSOLIDACIÓ

El 1893 és quan llueix amb una llum nova el moviment que ara anomenem modernisme. Santiago Rusiñol viatja amb Raimon Casellas a París aquell any. Ambdós van entrar en contacte amb l'obra del màxim exponent del teatre simbolista, l'escriptor belga Maurice Maeterlink (1862-1949), i també van descobrir la música del compositor impressionista francès Claude Débussy (1862-1918), conegut d'Erik Satié. De París es van endur *La intrusa* (1890) de Maeterlink i la van fer traduir a Pompeu Fabra (1868-1948) per estrenar-la a Sitges el mateix 1893, el dia que es va inaugurar el Cau Ferrat. Tot seguint el simbolisme de Maeterlink, Rusiñol creu que l'art ha de transmetre més sensacions o impressions que conceptes. Amb la construcció del Cau Ferrat, Rusiñol no solament va bastir una casa, va construir alhora un santuari i un taller on l'artista pogués realitzar la seva vocació i compartir-la en un terreny propici. Si els Quatre Gats de Barcelona era el punt de reunió dels artistes, el Cau Ferrat fou l'emblema del modernisme que va liderar el mateix Rusiñol. Pel Cau Ferrat hi van passar la majoria dels artistes de l'època i fou el catalitzador de les Festes Modernistes i del viure poètic i creatiu. Els sitgetans ho van comprendre i des de la seva creació la població va esdevenir un refugi per a la nova manera de viure, un país dins del propi país. Per això, en morir el 1931, Rusiñol va llegar-lo als sitgetans.

A finals de juliol de 1893 traslladà al Cau Ferrat els ferros forjats que l'escultor Clarassó li guardava a l'estudi del carrer Muntaner de Barcelona. El 23 d'agost de 1892 s'hi fa la primera festa modernista: una exposició artística i una sessió a porta tancada on Caselles escarneix els homes de la Renaixença amb un discurs farcit de llatinades. El 10 i 11 de setembre de 1893 fan la segona festa modernista. El dia 10 representen *La intrusa* de Maeterlink precedida d'una vetllada musical d'Enric Morera (1865-1942). Feia només quatre mesos que s'havia estrenat a París. Opten per Maeterlink com a contrapunt a Ibsen, divulgat per l'Avenç. *La intrusa* també és una obra molt menys reivindicativa i social que la d'Ibsen, ja que la intrusa és una presència intuïda durant tota l'obra i no és cap altra cosa que la mort; coincidia més amb els nous gustos simbolistes i decadentistes del jove Rusiñol, i és potser quan es fa més evident el fons malenconiós de l'artista, allò que el poeta Joan Maragall identifica com la bellesa trista que respiren algunes de les seves obres, especialment les pictòriques. En la literatura, en canvi, apareixia més el Rusiñol humorista, que s'entretenia de nits escrivint a Sol post, quan la manca de llum li impedia de pintar. Tant Casellas com Rusiñol van actuar a *La Intrusa*; i Rusiñol s'encarregava també de l'escenografia. L'obra va agradar molt al poeta Joan Maragall i va desagradar als cercles culturals més tradicionalistes.

Rusiñol va argumentar les noves idees als seus discursos de les festes. Atacava la moral burgesa que considerava indiferent a l'art, una burgesia que veia com a una classe mercantilista i materialista amb poca sensibilitat. Considera que Catalunya està malalta d'indiferència i de mandra. «Venim aquí perquè necessitem espolsar-nos de sobre tanta farsa egoista, tanta sensatesa fingida, tanta farda de sentit comú, tanta serietat forçada o riure estúpid com ha imposat el menestral enriquit» diu Rusiñol a la segona festa modernista.[30] Cal una revolució espiritual i qui pot donar-la per al pintor és l'art. Les velles religions, les de sempre, considera que han arribat a un punt mort. Ara cal la religió de l'art per l'art que ha de superar el romanticisme, el realisme i el positivisme que l'han precedit. En realitat Rusiñol està mirant de sacsejar aquesta nova burgesia catalana del segle XIX, enriquida però, a diferència de la francesa, encara amb gustos de menestralia. En pintura el simbolisme trigarà encara a amarar completament tota l'obra de Rusiñol definida per aquesta mena d'amor panteista a la naturalesa, però ja no el deixarà quan comenci a pintar els jardins que el van enamorar perquè li semblaven l'expressió màxima d'una bellesa sovint decadent, i que també el van fer ric. En literatura adoptarà el simbolisme més ràpidament i l'abandonarà també més ràpidament. *L'alegria que passa*, pertany a aquesta etapa.

El mes de març de 1894 pinta disset còpies dels pintors que anomenava primitius (dels segles XII-XV) durant el viatge a Itàlia. Hi va anar a veure Boticelli. Cal tenir present que,

30 Josep Pla. *Tres artistes*. Obra completa 14. Pàg. 411.

abans que París agafés el relleu a Itàlia en l'art pictòrica durant aquells anys, Itàlia era la meca dels pintors. La pintura italiana el va ajudar a aprofundir en els seus ideals simbolistes i fou en aquell país on va començar a fixar-se en aquesta mena de naturalesa no salvatge, sinó ordenada i a voltes decadent que són els jardins.

El 4 de novembre de 1894 comença la tercera festa modernista. Fan una processó per traslladar dos quadres del Greco des de l'estació fins al Cau Ferrat, un gran dinar a la platja i una vetllada literària decadentista i pre-rafaelita on es premien obres d'estil decadentista. Maragall hi llegeix amb èxit les seves *Estrofes decadentistes.* Rusiñol hi llegeix un discurs sobre la puresa de l'artista.

Durant el 1895 va fer un viatge a Granada que el va dur a aprofundir en el prerafaelitisme i el simbolisme decadentista. Es va enamorar del palau de l'Alhambra i del jardí del palau Viznar. Va agafar com a temes de les seves teles els jardins del Generalife. El 1895 també va escriure *Oracions* a Granada, el primer llibre de poemes en prosa de l'àmbit peninsular. Segurament el seu llibre d'estructura més ben travada. Trenta-dos poemes de temàtica profana al voltant de l'art que Miquel Utrillo il·lustra i Enric Morera (1865-1942) hi fa anotacions musicals: és el concepte d'art total interdisciplinar. Rusiñol hi persegueix el benestar de l'esperit que creu que només podem trobar en la natura. El 1896, al discurs que fa als Jocs Florals de Granollers, va palesar l'abandonament del naturalisme a favor del simbolisme, el decadentisme i l'espiritualitat. Són aquests anys 1896 i 1897 quan aprofundeix més en la místi-ca de l'art per l'art i l'artista modernista i intensifica la seva amistat amb el poeta Jacint Verdaguer.

A la quarta festa modernista, celebrada a Sitges el mes de febrer de 1897, va tornar a col·laborar amb Enric Morera. Va escriure, sota la influència de l'estètica decadentista, *L'alegria que passa* (1897). S'hi va representar *La fada*, un poema sim-bolista de Jaume Massó (1863-1943) musicat també per Enric Morera. Hi van assistir set-cents trenta viatgers de Barcelona.

## SANTIAGO RUSIÑOL I LA MORFINA

Havien estat deu anys de no parar escrivint i pintant, de viatges constants. Els anys 1897 i 1898 la necrosi del ronyó s'anava atansant i, amb l'artrosi reumatoide, es va anar estre-nyent el cercle que el va fer caure completament en l'addicció a la morfina per fer front als dolors. El 24 de març de 1899 arribà a una clínica de París amb la seva dona. El seu germà també s'hi havia desintoxicat i Lluïsa Denís li feia suport, però el pintor, presa de l'ansietat, delirava i es pensava que el voli-en ingressar en un sanatori mental. Familiars i amics van fer mans i mànigues per calmar-lo. Fou arran d'aquesta estada que es va reconciliar amb la seva dona.

El guariment de l'artista va costar tant com els dos qua-dres del Greco portats en processó durant les Festes Modernistes fins al Cau Ferrat: tres mil francs. Mentre fou a la clínica, es va fer la darrera festa modernista a Sitges. S'hi representà *L'alegria que passa* i dues obres més d'Ignasi Iglésies. També Joaquim Nin interpretà composicions musicals de Morera, Grieg, Scarlatti, Gay i Alió.

La morfina era una droga de moda a finals del segle XIX. La dependència de la morfina en el cas de Rusiñol també es pot explicar a causa d'una caiguda a París que li va afectar el ronyó l'any 1890. Calgué hospitalitzar-lo i, en diagnosticar-lo, el metge va donar el pitjor pronòstic, pensava que moriria ràpidament d'una hemorràgia interna. Tots els amics es van reunir amb ell a l'habitació. Intentaven passar el mal moment bevent absenta, una beguda alcohòlica de moda a París. La beguda els va animar i l'endemà al matí estaven tots ben contents malgrat les circumstàncies. Aleshores es van adonar que Rusiñol havia sortit de perill.

L'afectació del ronyó va acabar en operació l'any 1900. El 1899 el metge de Sitges va anar a parlar amb Lluïsa Denís, ja que temia que el grau de dependència de la morfina acabés amb la vida de l'artista. Ella no havia deixat d'estimar-lo malgrat els desacords que havien motivat la seva separació, i el va anar a buscar cap a Sitges decididament. Anteriorment hi havia hagut alguns intents de reconciliació que el pintor va defugir. Quan Rusiñol la va veure entrar al Cau Ferrat li va dir que no tenia cap dret a tenir-la al seu costat després de tants anys de separació, no volia que carregués amb un invàlid; ella li va respondre que en tindria cura i que, quan es desintoxiqués, ell podria fer el que volgués, que no li exigiria res, i va llogar un pis a París prop de la clínica del doctor Sollier on ell es va desintoxicar. Rusiñol ja no es va separar mai més de la seva dona ni de la seva filla.

Anys més tard tornaria a la morfina, però de manera menys greu i amb unes dosis més baixes i controlades. Amb el tombant de segle i la reconciliació amb la família Rusiñol va abandonar la vida bohèmia. Lluïsa Denís considerava culpable de la morfinització del seu home a Miquel Utrillo. I segurament el pacte tàcit i explícit entre marit i muller fou aquest: dedicar-se a l'art, però no als amics bohemis, cadascú cedia. A la clínica els malalts no revelaven la seva identitat ni als companys. Després de cinc dies de no consumir la droga havien de fer front a la crisi d'abstinència, que no resultava gens fàcil de passar. Amb tot, Rusiñol, que sempre feia amics allà on anava, hi va conèixer Léon Daudet (1867-1942), fill del famós escriptor francès, i hi feu una amistat que va durar tota la vida.

El procés tan dur de desintoxicació de la morfina a la clínica a París va coincidir amb el seu èxit com a pintor a la mateixa ciutat. Va fer una exposició a la galeria Art Noveau (especialitzada en pintura simbolista) titulada *Jardins de l'Espagne*, on exposà els seus quadres pintats a Granada i fou un èxit clamorós. No solament en va parlar la premsa francesa, la revista *The Studio* de Londres també se'n va fer ressò. El 1901 es va adonar que amb els seus quadres de jardins àrabs pintats al sud d'Espanya tenia més bona acceptació al Saló Champ-de-Mars. La visió exòtica que els francesos tenien d'Espanya explica aquest èxit, i un dels seus quadres va ser penjat a les habitacions del president de la república francesa. De tota manera, la crítica anglesa ja es va adonar que cada tela de cada jardí tenia, com si fos un retrat, la seva personalitat pròpia. També el poeta Joan Maragall va notar que la bellesa que exhalaven aquells jardins no estava exempta de tristesa. Fou dels pocs que no es va deixar encegar per la imatge popular i faceciosa de l'artista.

A partir d'aquell moment Santiago Rusiñol ja no va deixar de pintar jardins:[31] a Mallorca, a Aranjuez, a Granada... N'estava pintant quan la mort el va atrapar a Aranjuez el 1931.

La crítica de les noves generacions va veure en aquella persistència una actitud anacrònica, fins i tot els modernistes més partidaris d'una naturalesa feréstega més que no pas ordenada el van criticar. Però els analistes actuals hi veuen més aviat un aprofundiment personal del seu simbolisme. El que havia passat és que l'artista havia trobat la bellesa que tant havia buscat, i ja no la va deixar anar. Els seus escrits, en canvi, van seguir una evolució diferent i van intensificar la sàtira i la crítica social.

---

31 Quadres de la pàg. 112 d'aquest llibre.

## L'OBRA LITERÀRIA.
## EL TEATRE I LA PROSA DE RUSIÑOL

Santiago Rusiñol fou un dramaturg prolífic. Va arribar a escriure prop de setanta obres. La seva primera obra teatral fou L'*home de l'orgue* l'any 1890. La primera peça ja va ser un èxit de públic i el crític Josep Yxart en va fer un comentari elogiós. Va continuar amb *El sarau de la llotja* el 1891 i *El bon caçador* el 1892 en les quals accentua l'oralitat pròpia del teatre.

El 1898 va publicar *L'alegria que passa* i *Els caminants de la terra,* totes dues peces ja en l'estètica simbolista. El 1900, *El jardí abandonat*; quadre poemàtic també simbolista. La crítica de l'època les va qualificar d'obres decadentistes. *El jardí abandonat* fon l'interès pels jardins amb la descoberta d'Andalusia i d'Aranjuez entre 1895 i 1898. Rusiñol va llegir l'obra el 7 de juny de 1900 a la sala Parés aprofitant l'exposició amb Casas i Clarassó, però mai no es va estrenar. Aurora, el personatge de la filla de la Marquesa, d'aspecte decadent, és festejada per dos pretendents. En morir la Marquesa, l'Aurora romandrà al jardí, fora del món, i en soledat.

A *Cigales i formigues* (1901) reprèn el tema del món prosaic del treball i la feina, oposat al món de la poesia, i els dos tipus d'insectes en són arquetipus perfectes. Segons Raül Garrigasait els llibres de prosa de viatges i de records i *Cigales i formigues* encara traspuen el costumisme d'Emili

Vilanova (1840-1905): «Tinc la sensació que en el fons el costumisme humorístic, aquest fenomen tan barceloní, barceloní de la Barcelona vella, era la tradició instintiva de Rusiñol.» [32] Joan Fuster opina en la mateixa direcció: «Rusiñol posseïa el geni de la broma, i en això residia la seva força.»[33] Sigui com sigui, la majoria de les obres que va escriure aquells anys tenen un nexe comú: la lluita de l'artista per afirmar el seu món enfront d'un món material que no li dona espai per viure artísticament. La peça, musicada per Enric Morera en la línia de l'art total, no va tenir la mateixa bona acollida que *L'alegria que passa* i va cloure el conjunt d'obres on predominava el tema de la relació entre l'artista i la societat que reaparegué a *L'auca del senyor Esteve*. Tanmateix, amb l'exposició de 1900 que el va consolidar com a pintor i la popularitat assolida com a escriptor teatral, Rusiñol encaminava el nou segle XX com un artista consolidat, i Sitges li dedicava un carrer.

Aleshores dos camins es bifurquen en la seva obra. Com a pintor s'anirà centrant de manera gairebé exclusiva en la temàtica dels jardins. Josep Pla hi veu un *encandilament* i no foren pocs els qui hi van anar veient una repetició mancada de l'originalitat de l'època parisina. Laplana, en canvi, hi veu més aviat una evolució natural i personal de l'estètica simbolista. Com a escriptor crearà a principis de segle les obres

32 Raül Garrigasait. *El fugitiu que no se'n va*. Pàg. 67.
33 Joan Fuster. *Literatura catalana contemporània*. Pàg. 110.

més mordaces, que el convertiran en un clàssic i faran que avui en dia el recordem. En aquestes obres no hi ha cap mena de repetició ni d'adaptació a la societat establerta: *Llibertat* (1901), *Els Jocs Florals de Canprosa* (1902), *L'Hèroe* (1903), *El pati blau* (1903), *El místic* (1903)... Algunes d'aquestes obres li van suposar, com en el cas de *L'Hèroe,* no pocs problemes amb els poders fàctics. Quan es va estrenar *Els Jocs Florals de Canprosa* el públic va xiular a la representació.

*Llibertat* és una peça de caràcter regeneracionista, on apareix un personatge d'un altre continent marginat per persones pretesament progressistes en el marc d'un ambient obrer àcrata; era la mena de regeneracionisme Rusiñolià servit amb la safata de la sàtira. Josep Pla ens diu: «és de l'observació directa que nasqué el seu teatre humorístic» i després coincideix amb Joan Fuster quan hi afegeix: «Aquest teatre té un vol més llarg que el dels seus drames i transcendeix la seva època.»[34]

*Els Jocs Florals de Canprosa* es va inspirar en els Jocs Florals de Granollers i altres certàmens on Rusiñol va participar com a jurat. Estrenada mentre ell pintava a Mallorca, va provocar la reacció d'intel·lectuals i polítics, i no és estrany, perquè els retratava. L'autor caricaturitzava la més sagrada de les institucions creades pel moviment de la Renaixença: el certamen poètic dels Jocs Florals. Santiago Rusiñol criticava el tarannà anacrònic i cursi dels integrants d'aquells premis

34 Josep Pla, op. cit. pàg. 510.

que proliferaven en el país a mesura que s'expandia el catalanisme polític. L'obra també recuperava les tècniques retratistes del costumisme literari, però des d'una òptica intensament satírica que ja no abandonaria. El 1903 va estrenar *El pati blau,* una obra, de caràcter més realista i dramàtic si la comparem a les anteriors, on es narra la relació entre una noia malalta i un pintor. Rusiñol hi recupera el tema de l'ideal artístic encarnat pel pintor, oposat al món material representat per un home enriquit a les Amèriques. És possible que aquest darrer personatge li vingués inspirat per la realitat dels indians o *americanos* enriquits a les Ameriques, ja que hi va entrar en contacte a Sitges, on també va pintar els patis blaus.

Si a *Els Jocs Florals de Canprosa* les seves diatribes s'havien adreçat a intel·lectuals i poetes de la cultura catalana, les obres següents parlarien críticament de dos temes diferents. A *L'Hèroe* enfoca els mals del militarisme i del colonialisme. Algú del públic va cridar «Mori el militarisme», el dia de l'estrena de *L'Hèroe* al teatre Romea; l'endemà l'empresa va rebre amenaces anònimes i va suspendre les representacions. Un comitè d'estudiants universitaris s'adherí al dramaturg, però després d'una segona representació es va interrompre definitivament per por a les amenaces. L'obra va començar, doncs, sota les intimidacions. El temps n'ha fet un dels drames regeneracionistes de Rusiñol més contundents amb el militarisme i el colonialisme. Les colònies de l'imperi espanyol que el van inspirar, ja fa més de cent anys que es van independitzar, però les actituds i ideologies abassegadores i violentes que van justificar aquelles dominacions han convertit l'obra en un clàssic que les qüestiona.

A l'obra *L'Hèroe* partia del retorn a casa d'un soldat de la guerra colonial de Cuba i Filipines i denunciava els valors oficials de l'Espanya que encara es considerava imperial. La mordacitat de l'obra l'acosta a l'esperpent i conserva encara actualment, tota la seva força. En contrast amb el militarisme espanyol, l'obra presenta alguns personatges del món del treball, que, en comparació a com els veia durant la seva joventut, comencen a gaudir d'una visió positiva. El final del drama, amb la mort de l'heroi, té uns ressons vagament guimeranians i recorda *Terra baixa*, tot i que els valors que s'hi positiven són diferents. Si a *Terra baixa* es reivindica l'amor romàntic enfront de l'extorsió sexual i de classe, a *L'Hèroe* es reivindica el valor del treball enfront del militarisme. No hem de veure cap incoherència en aquesta reivindicació. Rusiñol havia atacat burgesos i menestrals durant la seva joventut, però no perquè treballessin, sinó perquè no comprenien el món de l'art. Com a artista Rusiñol va treballar tota la seva vida. Sobre *L'Hèroe*, Raül Garrigasait ha observat: «En el drama de Rusiñol veiem individualitats absorbides i destruïdes pels discursos emfàtics i les formes de poder de l'Estat. Aquí l'espai de la vivència concreta i la seva llibertat es va reduint més i més. L'heroïtzació del protagonista l'allunya de la família i l'encaixa dins l'engranatge estatal. L'heroi, distingit per la seva força i pels «piropos oficiales» del Sergenta, quan torna a casa és un inútil i un esclau dels vicis adquirits.»[35]

L'obra es tanca quan en Joan mata l'heroi i crida a la manera del Manelic de *Terra baixa:* «Què bé d'haver mort l'Hèroe! He mort el gandul del poble! Mireu-los allí! Els del teler són els hèroes!.» Rusiñol està canviant i comença a valorar la feina abnegada, potser perquè ell també havia treballat moltes hores a l'oficina del seu avi durant la joventut i, ara que es consolida com a artista s'adona que la supervivència de la societat depèn d'aquest exèrcit de persones anònimes que cada dia treballen en feines dures o monòtones.

Tot i que en aquesta obra el desenvolupament del drama no es troba exempt d'humor ni de sàtira, la crítica d'un colonialisme caduc i cruel l'acosta als plantejaments del regeneracionisme i el final és clarament dramàtic. De manera que podria dir-se que és en el seu teatre dramàtic servit sota el marc de la sàtira que Rusiñol aconsegueix precisament la seva màxima eficàcia: quan sintetitza totes dues coses. *L'Hèroe* també va fer que el públic català es reconciliés amb el seu autor després de xiular-lo a la sàtira dels jocs florals. Aquesta crítica s'acompanya d'altres obres on es posaven en qüestió les estructures més conservadores de Catalunya i no solament les d'Espanya. *Els Jocs florals de Can Prosa* n'és un exemple i l'obra següent un altre.

35 Raül Garrigasait. *El fugitiu que no se'n va.* Pàg. 112.

*El místic* s'inspira en el cas del poeta i sacerdot Jacint Verdaguer (1845–1902), que fou marginat pel bisbe Morgades, suspès com a sacerdot i reclòs. A l'obra, mossèn Ramon rep les ires del bisbe i del seu secretari... Verdaguer, poc abans de morir, va visitar Rusiñol durant la seva recuperació de l'extirpació de ronyó al pis que tenia a la plaça de Catalunya de Barcelona. Segons Raül Garrigasait: «La força i la violència manifesta o subterrània de l'Estat travessen de cap a cap l'obra de Rusiñol, en registres còmics o seriosos.»[36] Aquesta observació fa que les obres d'aquesta època siguin les més clàssiques, perquè mantenen la seva actualitat.

Els anys següents va estrenar monòlegs: *Els prestidigitador* ( 1903), *Feminista* (1903), *El bomber* (1904), *L'escudellòmetro* (1905), i el 1907 enllestí, com a novel·la, *L'auca del senyor Esteve,* on finalment l'artista i la societat es reconcilien. El 1909 sembla que ja havia adaptat la novel·la a obra teatral i el 1917 la va estrenar amb un èxit rotund que dura fins als nostres dies.

Segons Enric Gallén: «La descripció que la novel·la fa de la realitat menestral li proporcionà, de fet, la forma que l'acostà al costumisme.»[37] Sembla doncs, que el canemàs costumista en la manera d'escriure que devia haver conegut com a espectador teatral a la Barcelona vuitcentista, va anar tornant a mesura que el seu projecte artístic es va anar consolidant i va

---

36 Raül Garrigasait, op. cit. pàg. 122.
37 Riquer-Comas-Molas. *Història de la literatura catalana.* Volum 8. Pàg. 471

poder realitzar la seva vocació. Alhora, el títol, s'inspira en un gènere encara molt més popular: el de l'auca, conjunt de vinyetes dibuixades que servien per il·lustrar una història que s'explicava oralment. Ramon Casas en va dibuixar una específicament per a l'obra, i Gabriel Alomar en va escriure els rodolins. L'obra ens narra la història de La Puntual, una botiga familiar de vetes i fils que Rusiñol situa al barri de la Ribera, el barri de la seva infantesa i joventut a Barcelona. Explica la història de quatre generacions: l'avi; el senyor Ramon, fill de l'avi; el senyor Esteve, fill del senyor Ramon; i en Ramonet, fill del senyor Esteve. Les tres primeres generacions treballen, estalvien i fan prosperar la botiga. En Ramonet esdevé l'alter ego de Santiago Rusiñol, ja que des de petit mostra unes inclinacions gens proclius a esdevenir un botiguer: voldrà ser escultor. De la mateixa manera l'Esteve s'inspira en el seu avi Jaume. L'escriptor va transformar el seu avi patern, un empresari d'una fàbrica, en un botiguer. Rusiñol es va quedar amb la imatge dels menestrals que havia vist al carrer Princesa. Va reduir la riquesa de l'avi real, però no el pensament que, finalment, es basava en una sèrie de virtuts apreses a la família: treballar molt; estalviar, és a dir, dur una vida austera; invertir i fer créixer el negoci. Aquesta moral recorda fins a un cert punt la moral de les menestralies anglogermàniques, però cal tenir en compte que la mena de burgesia que Rusiñol havia tractat a París es trobava clarament un pas més enllà de l'autòctona: a París la literatura i l'art es consumien i la vida i el lleure se centraven al voltant de llibreries, sales d'art i teatres. La manca d'entesa entre els artistes i la societat que veiem a *L'alegria que passa* es converteix finalment en un pacte de modernitat a l'auca. És el que al final de l'obra es representa amb l'acceptació per part d'en Ramonet del fet que serà artista perquè la família li pagarà el marbre, és a dir, el mantindrà. I això és exactament el que va passar en el cas de Santiago Rusiñol durant els primers anys després de la mort de l'avi Jaume, ja que va poder començar la seva carrera artística amb els diners heretats de l'avi.

La importància d'aquesta obra rau en el fet que retrata l'arquetipus de català de classe mitjana. El retrata d'una manera viva i entranyable. Rusiñol va crear aquest arquetipus i, en concebre l'artista amb tota la mística modernista, va crear un altre tipus basat en la seva pròpia vida. Ambdós s'han fet populars. No podem entendre el tarannà d'aquest país si prescindim del senyor Esteve, però segurament no podem entendre'n les limitacions i contradiccions sense desbrossar el tipus caricaturitzat que la popularitat ens ha llegat en la figura de Santiago Rusiñol. Si el senyor Esteve simbolitza i essencialitza el seny català, el jove Santiago Rusiñol en simbolitza la rauxa, i Santiago Rusiñol madur l'ús d'aquesta rauxa per a crear, amb una disciplina de treball tan constant i tenaç com la del senyor Esteve, un llegat artístic que travessa la història. Entre l'un i l'altre ens mostren el pas d'una societat del segle XIX al segle XX.

El 1907 va estrenar *La mare* i *Els savis de Vilatrista*. A partir de 1908 Rusiñol va continuar escrivint peces teatrals centrades en la farsa: *La llei de l'herència* (1908), que va tornar a rebre una xiulada del públic, *Dol d'alivio* (1910), *El triomf de la carn* (1912), *L'homenatge* (1914). *La lepra* (1914), *L'envelat de baix* (1914), *La intel·lectual* (1909), *Cors de dona* (1910), *El despatriat* (1912)...

Reflexionà sobre l'ofici del teatre a: *El teatre per dins* (1910). Va col·laborar amb Adrià Gual amb una obra de teatre infantil: *El titella pròdig* (1911), teatre de putxinel·lis. Va escriure un quadre poemàtic amb *La verge del mar* (1912), i tres drames: *L'hereu escampa* (1908), *Ocells de pas* (1908), on va tornar al tema de la *troupe* de circ i va recuperar l'afecte del públic que l'havia xiulat, i *El redemptor* (1910), obra molt aplaudida pel públic. La tornada a les fórmules del teatre vuitcentista fou criticada en el seu moment des de les pàgines del diari *El poble català* per Rovira i Virgili ja l'any 1908. Però actualment hi ha veus que contemplen aquesta etapa d'una manera diferent. Rusiñol també va col·laborar amb la premsa satírica a partir de 1907, concretament a *l'Esquella de la Torratxa*. Feia servir el pseudònim de Xarau i des d'allà va fustigar l'estètica naixent i classicista del Noucentisme. La seva crítica a aquesta estètica es va concretar també amb una altra novel·la: *La Niña Gorda* (1917), que explica la vida d'una jove molt grassa. El domador de qui s'ha enamorat l'explota i l'exposa en representacions de circ, però ella té una sensibilitat romàntica i llegeix novel·les d'amor. És el contrapunt de la Ben Plantada, ideal de dona classicitzant creada pel filòsof del Noucentisme Eugeni d'Ors.

Rusiñol va anar tornant a aquesta mena de dones dissortades i romàntiques, explotades per personatges cruels de circ, que ja havien aparegut a *L'alegria que passa*. Els retrats que en fa acostumen a ser per ells mateixos una denúncia més implícita que explícita de la segregació de gènere. Al capdavall, Santiago Rusiñol seguia fidel als seus plantejaments inicials encara que els joves el critiquessin per anacrònic: «Ja es veu, en el desplegament de principis, que la novel·la de Rusiñol havia tocat la moral a Xènius. Absència de normalitat, de tradició, de racionalitat, monotonia de la monstruositat: en això el glossador de *La Veu* té raó. Però la descaradura amb què escriu Rusiñol obre un espai que l'estètica de l'ordre i de la claredat mediterrània deixava fora. La reacció malhumorada de Xènius ens convida a posar *La Niña Gorda* al costat de *La Ben Plantada*, de la mateixa manera que cal posar Xarau al costat de Xènius. És difícil imaginar una ofensa més clara a l'ideal de bellesa classicista dels noucentistes que *la Niña*.»[38]

El 1912 també va estrenar *El pintor de miracles* i *La Verge del mar*, una obra crítica amb la religiositat popular i el fanatisme. A partir de la Primera Guerra Mundial va continuar escrivint farses: *El pobre viudo* (1916), *A ca l'antiquari* (1917), la caricatura dels nous rics a *Gente bien* (1917), *Bataneros en*

38 Raül Garrigasait, op. cit. pàg.146

El fotògraf Campúa va captar aquesta imatge de Santiago Rusiñol llegint la seva obra *L'Hèroe* al Campo del Recreo de Madrid l'any 1904. Entre d'altres, l'escolten Joaquín Sorolla, Ramiro de Maeztu i Ramon Casas.

Museu del Cau Ferrat, Sitges. Col. Santiago Rusiñol, s/n.

*comandita* (1918), *L'acaparador* (1918). També va escriure comèdies: *El casament de conveniència* (1925), *Miss Barceloneta* (1930): i alguns drames: *Els nàugfrags* (1917), *Les dues filles* (1922).

## ELS LLIBRES DE VIATGES

L'ideal de vida artística de Santiago Rusiñol el va dur a viatjar. Aquests viatges que es van produir entre 1890 i 1892 i també durant 1893 i 1897 són a l'origen de la seva escriptura biogràfica i la narrativa de viatges[39]. Per a alguns estudiosos com Joan Fuster, és en el llibre de viatges on Santiago Rusiñol dona el millor d'ell mateix com a escriptor.[40] A la primera tongada trobem l'artista enamorat de l'art, en la segona hi trobem un viatger que mira la societat amb ironia descriptiva. Santiago Rusiñol va escriure llibres de viatges durant cinquanta anys: *Impressions d'un viatge al Taga* (1881); *El castell de Centelles* (1882); *Desde mi carro* (1889), que relata les anècdotes del famós viatge per Catalunya amb Ramon Casas; *De Vic a Barcelona en bicicleta* (1889); *Notas barcelonesas* (1889); *Desde el Molino*, que relata les experiències de l'estada a París; *Desde una isla* (1893); *Desde otra isla* (1893-1894); *Anant pel món* (1895; *Andalusia vista per un català* (1896); *Impresiones de arte* (1897), conjunt d'articles sobre les seves

39 Vinyet Panyella. *Paisatges i escenaris de Santiago Rusiñol (París, Sitges, Granada)*. Pàg. 14-15.
40 Joan Fuster. *Literatura catalana contemporània*. Pàg. 102.

estades a París, Itàlia i Andalusia; *Fulls de la vida* (1898): *El poble gris* (1902); *Mis hierros viejos* (1903); *D'ací i d'allà* (1903); *Aucells de fang* (1905); *Del Born al Plata* (1911); *L'illa de la calma* (1912-1913), el seu llibre de viatges més conegut i traduït; i *Coses viscudes* (1927-1928).

Segons Panyella: «El ventall d'escrits autobiogràfics apunta, des del principi, vers dues direccions: la de l'esperit panteista, que, a través del simbolisme, culmina en la prosa poètica d'*Oracions* (una bona part de la temàtica de les proses poètiques té els seus orígens en les primeres descripcions de la natura), i vers el narrador que, en base a l'experiència i les vivències que ha protagonitzat anant pel món, construeix històries, quadres, sensacions, fulls del llibre de la vida que, un rere l'altre, apleguen el gran volum de les seves memòries. Com a escriptor simbolista, Rusiñol sorgeix de l'excursionista que surt per descobrir la bellesa de la natura i dels monuments i se sent captivat, alhora, per la vida i per la gent.»[41]

El conjunt de la seva prosa de viatges, encara poc estudiada, ha estat remarcada per veus diverses, especialment *L'illa de la calma*, sobre la seva estada a Mallorca; *Del Born a la Plata*, sorgit arran d'un viatge a l'Argentina el 1910 amb la companyia teatral d'Enric Borràs; o la novel·la *El català de la Manxa* (1914), on ja apunta la idea del fracàs de l'artista com a transformador de la societat. El conjunt d'aquesta producció va culminar amb un llibre que no és de teatre ni de prosa

41 Vinyet Panyella, op. cit. pàg. 14

de viatges, sinó d'aforismes, i és un dels seus llibres més interessants: *Màximes i mals pensaments* (1927), que resumeix la seva manera de veure la vida i la societat.

## **L'ALEGRIA QUE PASSA.**
## L'OBRA I L'ART TOTAL

Enric Morera i Santiago Rusiñol van aparèixer a la festa modernista de 1893. Morera volia crear un teatre líric català. Combinarva temes de la tradició catalana amb un teatre musical innovador. S'enfrontava a la sarsuela i la música de flamenc i castanyoles. El músic va fer amb Jaume Massó *La fada*, estrenada a les festes modernistes, la primera de les obres en aquesta nova direcció. *L'alegria que passa* fou la segona. Rusiñol va partir de la tradició costumista, però hi va adoptar les idees del decadentisme i del simbolisme i un concepte d'art total que incloïa cors i la música del seu amic. La fusió entre text i música fou clau en l'èxit de l'obra. Segons Margarida Casacuberta: «Catalunya es va proposar d'edificar el concepte de teatre líric sobre aquest model i va tenir en la persona de Santiago Rusiñol un col·laborador constant i entusiasta. Art total, fortament espiritualitzat, simbolisme i una certa sensibilitat decadentista constitueixen, segons el discurs que Rusiñol va pronunciar com a presentació de *La Fada, la poesia nova i la nova harmonia* que es troben a la base del teatre líric català»[42]

42 Margarida Casacuberta. *Santiago Rusiñol. Teatre simbolista.* Pàg.19

# ALPENS, BORREDÀ, BROLLE I SITGES

Rusiñol havia fet excursions per Catalunya amb carro i a *L'alegria que passa* el carro transporta un petit circ; hi ha, com en tota literatura d'autor, una cosa molt personal a l'obra, uns miralls que transfiguren experiències i vivències que l'autor ha interioritzat.

Al tercer article que Rusiñol va publicar al diari *la Vanguardia* el 28 de juliol de 1889 explica que a Borredà va trobar un petit circ que anava amb carro. El circ que troba a Borredà ja és descrit amb un cert patetisme, amb personatges miserables, amb pallassos que feien plorar més que no pas riure. Carles Capdevila explica que Rusiñol també va trobar uns saltimbanquis a Alpens, poble del Lluçanès. El petit circ és un motiu que reapareix a diverses obres de Rusiñol.

Miquel Utrillo relaciona el personatge del clown amb un pallasso real que va conèixer l'escriptor: «Monsieur Banquerel havia aixecat pesos de cent quilos en una rebotiga d'una taverna de Hamburg. [...] Un dia Banquerel [...] comprà a terminis abans d'anar-se'n un circ ambulant. No d'aquests que ara hi ha, que tot ho tenen de propietat, ans bé una tenda amb pal central, uns posts i barres, dos cavalls, tres noies joves i dues de velles, un orquestrion, i els marits, germans o el que fossin de les dones, que feien el que podien. Aixecaven pesos, posaven catifes, es penjaven de les anelles. Passaven la corda i amagaven la gana fent riure. Monsieur Banquerel, fet un braç de mar, lluïa una casaca blava amb botons daurats. Feia clacar el fuet, donava ordres i pagava tan poc com podia per tal de fer economies. El resultat fou brillant, i cap a les darreries dels norantes del segle d'ell arribà a Barcelona, lluent, gras, encara de bon regent, amb mangala en lloc de fuet i llogant artistes de tota mena, perquè deia que era millor fer treballar els altres. Tots els noctàmbuls de Barcelona el coneixien perquè sabia la història autèntica de tots els acròbates.»[43]

Dos amics en van parlar a Rusiñol, el qual va demanar a Banquerel que li portés un pallasso a Sitges, on fou rebut per la mainada a l'estació amb molta expectació i va anar al Cau Ferrat: «Tenia un braç a la falda i amb l'altre s'aguantava el cap, que gairebé tocava a la taula. *Esteu cansat?*, li preguntaren. *No* respongué, però amb el cap feu senyal d'aprovació. Feu trossos una llesca de pa, el sucà amb un xic de tomàtec i begué dos petricons de vi, perquè es veu que tenia més set que gana. Rusiñol i els seus amics, que aquell dia estaven de gresca i eren colla, sortiren abans de dinar i s'emportaren el pallasso, que baixà el carrer que de la vila duia a mar posant-se al mig del grup i mirant desconfiat els que passaven pel carrer. Veient que no li deien res ni s'estranyaven, semblà prendre forces, i digué tot d'una als seus nous amics: *Es coneix que vostès estan de broma!* Aquesta exclamació imprevista sorprengué a tots, que a una li digueren: *Vós, que no n'esteu?*. *Jo*, va dir el pobre home, *és la primera vegada que*

43 Miquel Utrillo. *Història anecdòtica del Cau Ferrat*. Pàg. 71-72

*faig el ximple, i per no passar el martiri del tren de primer em tiro de cap a mar!* [...] L'empresari de pallassos tristos temé que li busquessin raons, i tot era voler explicar-se, fins que Rusiñol li digué que estava tan content i que d'allò en faria alguna cosa nova. Al cap d'uns dies, al Cau Ferrat, Rusiñol ja llegia les primeres escenes de l'obra, ja hi havia la plaça, el barber i el manyà.»[44] L'obra es començava a escriure. Aquest pallaso ensopit no inspira el clown lliure i decidit de *L'alegria que passa*, però la seva tristesa, el seu desemparament, apareix en algun dels personatges com la Zaira.

Aquests elements costumistes pels quals Rusiñol sent predilecció i que treu dels seus viatges en carro pel país o li arriben al Cau Ferrat prenen a *L'alegria que passa* una significació que va més enllà del realisme costumista, simbolitzen el rebuig que l'artista sent per la seva pròpia societat, un rebuig que viuen els artistes modernistes i també Rusiñol. De manera que el retrat costumista pren una nova dimensió simbòlica i *L'alegria que passa* marca en la seva obra escrita el pas del costumisme, que havia practicat als seus llibres de viatges, a la literatura més moderna que es practicava a França i Bèlgica. Aquest pas es facilitava perquè, com que feia estades a París, hi estava en contacte.

L'interès pel món del circ, que reaparegué en obres posteriors de Rusiñol, segons Vinyet Panyella va encomanar-se a pintors com Picasso a través d'aquesta obra.[45] Per a Garriga-

44 Miquel Utrillo, op. cit. pàg.73-74.
45 Vinyet Panyella, op. cit. pàg. 75

sait el tema de la *troupe* de circ ja apareix al quadre *Carro de bohemis* del 1890: «La tela recreava un tòpic que Baudelaire havia celebrat en el sonet *Bohémiens en voyage*. El poema presentava una colla de gitanos que caminen fent vagar pel cel els ulls afeixugats per la recança trista de les *quimeres absents*.»[46]

Josep de C. Laplana, partint del llibre *Notes viscudes* de Clarassó, explica que idea de *L'alegria que passa* va venir d'una anada improvisada a la població de Brolle quan Rusiñol era a París. Rusiñol se'n va anar a l'estació i va demanar un bitllet a qualsevol lloc. El pintor es va sentir atret per l'indret i va voler tornar-hi per pintar amb Ramon Casas. A prop de la fonda on s'allotjava hi va trobar una colla de saltimbanquis amb qui va confraternitzar i li van explicar la seva vida aventurera i alhora plena de mancances, com el pallasso de Monsieur Banquerel a Sitges o la Zaira de *L'alegria que passa*.[47] Era l'any 1890 i hem d'imaginar Rusiñol encara tocat per la ruptura amb Lluïsa Denís i la seva filla. Un Rusiñol que ha trencat amb la família per realitzar la seva vocació artística i que també ha desobeït l'avi un cop mort; l'avi que li havia fet estudiar només educació primària i comerç, que l'havia educat tota la vida com a empresari... Ens trobem davant del moment de màxim trencament i aquest fet apareix transfigurat a l'obra, primer en forma de tensió entre pare i fill per un casament acordat i sense amor, i des-

46 Raül Garrigasait, op. cit. pàg. 41.
47 Josep de C. Laplana. *Santiago Rusiñol. El pintor, l'home.* Pàg. 96.

prés entre el poble i la *troupe* de circ, que és rebutjada pels vilatans al final de la representació.

Sigui com sigui, les trobades amb pallassos i saltimbanquis a Alpens, a Borredà, a Brolle o a Sitges mateix ens demostren una predilecció de l'artista per aquesta mena de gent de vida artística ambulant i ben pocs diners a la butxaca. No solament els va reflectir als articles i al teatre, també els va pintar al *Carro de bohemis*, de 1889. No hem de pensar que els idealitzi, s'hi fixa precisament perquè hi comparteix vocacions artístiques i han hagut de sacrificar molt, com ell mateix, per dedicar-s'hi. Tot i que en el seu cas va haver de sacrificar més lligams familiars que diners, s'hi sent unit perquè hi comparteix les dissorts vitals de qui se sent endut per l'art i no pot evitar-ho. Les confessions que li fan, les converses que hi té, li forneixen el material verbal de l'obra i els personatges on insereix la seva pròpia problemàtica vital a través d'en Joanet i la Zaira, és a dir, li donen el marc real i costumista on reflecteix en clau simbòlica la problemàtica de l'artista modernista.

## GESTACIÓ I REPRESENTACIONS

Les fórmules dels seus antecessors, que Josep Pla qualifica com a imitadors de Dumas, eren a punt d'esgotar-se. Hi havia un estat latent que propiciava la recepció d'una cosa nova. Per a Josep Pla: «Si *Oracions* és el llibre del simbolisme

Girona era una de les ciutats predilectes de Santiago Rusiñol, especialment el Barri Vell i els seus campanars. També hi trobà els jardins dels vells casalots, el Ter, l'Onyar i el parc de la Devesa, que apareix en aquesta foto.

de cenacle i de torre d'ivori, *L'alegria que passa* és el simbolisme acostat a la comprensió general, popularitzat, el simbolisme d'entrada general.»[48] *L'alegria que passa* és el que marca un abans i un després en el teatre català que venia del romanticisme i del realisme per donar forma al modernisme teatral. L'obra acompleix també el desig d'Enric Morera d'anar consolidant un teatre líric.

Es publica el mes de març de 1898 i es representa el 16 de gener de 1899. És posada en escena al Teatre Íntim d'Adrià Gual. El mes d'agost es va tornar a representar a la cinquena festa modernista a Sitges. Durant dos mesos del 1901 Morera la va representar al teatre Tívoli en un nou intent de teatre líric. El març de 1901 es va representar en italià al teatre Novedades. A l'abril es va representar en castellà i al cap d'un mes al teatre Eldorado. A finals d'aquell any es va representar a París traduïda pel seu company de desintoxicació Léon Daudet. A partir de 1902 va entrar als circuits comercials catalans, però ja abans havia passat pels escenaris més populars del *género chico* com el teatre Novedades, i pels més elitistes com el d'Adrià Gual. Per tant Josep Pla té raó quan diu que Santiago Rusiñol va agafar el conjunt d'idees que circulaven entre les elits modernistes i, amb intuïció comercial, les va presentar amb vocació de gran públic. Va saber combinar amb habilitat l'estil tradicional que coneixia el públic amb el més innovador.

---

48 Josep Pla, op. cit. pàg 454.

## ESCENES I ARGUMENT

L'obra descriu l'arribada d'un petit circ a un poble i la seva representació, que acaba amb un enfrontament entre el públic i els artistes. La ruptura adquireix una significació simbòlica. La Zaira, la ballarina, s'ha enamorat d'en Joanet, un noi amb aspiracions artístiques, fill de l'alcalde. Però l'alcalde ha promès el seu fill a una altra noia. Al final de la representació la Zaira rebutja la moneda d'en Joanet quan els artistes recullen les propines, i això provoca la ira de la gent, que els foragita de la vila. El clown condemna el poble: a la *prosa eterna* i a *la tristesa perdurable*. Els mots prosa i poesia adquireixen durant el Modernisme un sentit figurat: la prosa representa la vida rutinària i avorrida, i la poesia és el viure artísticament.

*L'alegria que passa* fou escrita en un acte dividit en deu escenes. La majoria de les escenes acostumen a presentar dos personatges que contrasten sentiments o punts de vista. Les quatre primeres presenten la situació. A la cinquena arriba la *troupe* i a la sisena en Joanet parla amb el cap de colla, el clown. A l'escena setena apareix la Zaira i inicia la seva relació plena d'afinitats amb en Joanet. A l'escena vuitena Cop-de-puny trenca brutalment aquesta relació incipient entre la Zaira i en Joanet, que no arriba a materialitzar-se del tot perquè els separa amb violència.

Les escenes novena i desena constitueixen el desenllaç. A la novena la *troupe* fa la seva representació. A la desena són expulsats quan la Zaira llença la moneda que li dona en Joanet. En aquest punt podem establir dues interpretacions complementàries: una de més literal en el sentit que ella se sent ofesa perquè esperava l'eclosió d'un amor i no la caritat d'una moneda i també, alhora, podem establir una interpretació més simbòlica: l'artista que rebutja la caritat d'una societat que no l'entén. Joanet es resigna: *dormim al llit de la prosa, ja que em fuig la poesia*. El cant dels ferrers, que ja ha aparegut a l'escena quarta, conclou l'obra fent referència a la vida monòtona del poble.

## ESCENOGRAFIA I PERSONATGES

La presentació costumista de l'obra contrasta amb les acotacions de l'autor sobre l'escenografia, que van molt més enllà d'allò que és real. Constantment es fa referència a l'ensopiment, al tedi i fins i tot a la pols; de manera que les acotacions escenogràfiques treballen el clima de suggerències de l'obra i l'acosten al simbolisme. Les cançons reforcen aquestes sensacions.

Sembla que Rusiñol va treure el personatge del mico del que tenia a casa seva: «A la casa on vivíem a Sitges, teníem una mona que es deia Marianna. Com que jo li tenia por, a mi no em podia veure; però adorava el meu pare. Feien *L'alegria que passa*, on hi ha aquell passatge que el clown diu: *Veureu menjar el mico i sabreu què és tenir gana*. El paper del mico el feia la mona.»[49] Segons Laplana el quadre *La nena del bombo* té relació amb l'obra. El motiu del cavall, també apareix als articles de Rusiñol el 23 juny de 1889, ja que el considera el mitjà de transport ideal. Hi ha una sèrie d'animals, objectes i personatges als quals va recorrent en un marc costumista i que extreu del seu entorn immediat i dels seus viatges.

La Zaira personifica en ella mateixa la poeticitat que cerca l'artista modernista. L'artista pròpiament dit apareix desdoblat a l'obra; d'una banda en el Clown que representa aquesta llibertat artística tan delejada, de l'altra en el Joanet, que aspira a aquesta vida i no gosa adoptar-la, però que s'enamora de la Zaira i somia aconseguir-la.

L'agredolç Rusiñolià també se'ns presenta en tot l'entramat d'aquests personatges, perquè qui sí que té aquesta vida, la Zaira, es troba oprimida per la brutalitat de Cop-de-puny, l'artista que exhibeix la seva força en les representacions del circ, i fa palès al lector tota la pobresa material i les privacions que arrossega. Potser perquè Rusiñol ja havia estat a París amb la bohèmia més pobra, d'una banda ens presenta aquesta vida com a ideal, però també és conscient de les limitacions que representa i que exposa a través de la Zaira. L'ideal d'una vida artística no es materialitza en cap dels dos personatges. Potser per això Maria Rusiñol, la filla de l'artista que no dubta a parlar d'aquesta peça teatral com la de més èxit del seu pare, diu que el Clown és qui realment representa

49 Maria Rusiñol. *Santiago Rusiñol vist per la seva filla.* Pàg. 82.

l'autor. Per a Margarida Casacuberta: «La figura del Clown personifica la concepció Rusiñoliana de l'intel·lectual, [...] representa l'ésser privilegiat, en constant recerca d'un ideal»[50] com Rusiñol mateix.

Finalment tenim el poble, inicialment interessat per la representació del circ, i finalment foragitador de l'artista quan la Zaira passa la safata al final de la representació i Joanet és l'únic a posar-hi una moneda. La gent i la mesquinesa es fonen en un tot i aquí coincideix plenament amb la idea d'una societat mesquina i interessada que Ibsen havia exposat a *Un enemic del poble*. La massa, per als modernistes, és sinònim de manca de voluntat i d'ideal, és animalitat.

El Clown és radical al final de l'obra: «Què se'ns en dona, del teu diner! Aquí el tens! Poble pasturant terrossos! No en tastareu, de poesia! Us condemno a la prosa eterna; us condemno a la tristesa perdurable! *(Rient i tocant el bombo).* Visca la bohèmia! Visca la santa alegria!» Darrera d'aquesta afirmació final l'autor purga força opressió, com en Joanet, i no poc rebuig.

Ja hem vist que Rusiñol es troba entre la minoria que es va poder professionalitzar com a pintor i escriptor. Però no li va costar poc. Tot i que la burgesia catalana va acabar comprant els seus quadres, en les fases inicials, quan fa arribar els aires d'innovació des de París, no foren pocs els qui no el van entendre. El seu èxit aclaparador es va produir com a

50 Margarida Casacuberta, op. cit. pàg 24

pintor de jardins i de la natura, uns temes als quals el públic ja estava més acostumat i podia comprar sense ofendre's.

El que fa interessant el cas de Rusiñol com a artista és que mai no va renunciar a la seva individualitat. No va dubtar a criticar allò que no li semblava bé. Segurament per això defensava amb passió i fermesa la sinceritat del creador. En aquesta obra la tensió entre l'artista i la societat arriba al seu màxim. A *L'auca del senyor Esteve* l'artista i la societat es reconcilien. Ara bé, a l'auca, com va dir Joan Fuster: «El món del senyor Esteve assoleix en la ploma de Rusiñol una versió tan justa com graciosa. El senyor Esteve, personatge central de la història, ha esdevingut una referència proverbial en la Catalunya dels nostres dies, i amb això n'hi haurà prou per demostrar l'excel·lència literària de Rusiñol: creà un arquetipus.»[51] De pocs escriptors podem dir que han creat un arquetipus. Rusiñol va saber crear l'arquetipus del burgès català i ho va fer amb instint literari, ja que el referent que ell tenia i coneixia bé, era el d'un avi propietari d'una fàbrica que a l'obra apareix transfigurat en un botiguer de vetes i fils, un personatge tan comú com un botiguer que es troba molt més a prop d'allò que anomenem classes populars. L'avi de Rusiñol era, en canvi un empresari que Vinyet Panyella qualifica d'intrèpit. L'engrandiment dels seus negocis es va deure també a la seva activitat com a prestamista. La direcció d'una fàbrica en l'època que naixia el comunisme i l'anarquisme no

51 Joan Fuster, op. cit. pàg. 101.

suposava la lenta i monòtona vida de treball com la del botiguer que Santiago Rusiñol descriu a l'auca. Durant les vagues obreres de 1885 algun obrer va proposar «l'extermini» a les assemblees de la fàbrica de Manlleu, i amb aquesta paraula es referia als empresaris, a la família Rusiñol.[52] Lentament s'anava covant el clima d'enfrontament social que va portar al pistolerisme posterior a la Primera Guerra Mundial (1914-1918), i que finalment va dur a la Guerra Civil (1936-1939).

## LA PARÒDIA

Tota l'obra està travessada per la paròdia. Així comença amb el cant dels ferrers, paròdia de les cançons del *gènero chico* del teatre castellà que el naixent teatre líric català volia superar. L'autor hi transforma la lletra jota castellana en ka, tal com va fer la llengua popular amb paraules com *majo-maco* i ironitza d'aquesta manera sobre com els catalans pronuncien el castellà. També escriu les vocals castellanes *a* i *e* pronunciades en forma de vocals neutres: *estrella-astrella*. L'humor agredolç de Rusiñol també apareix a les escenes que es presenten amb trets de sainet costumista. Finalment el poble que fa de públic s'ofèn quan veu la Zaira rebutjant la moneda d'en Joanet, perquè no està al corrent de l'amor entre els dos joves i la gent ho veu com un menyspreu que no és perdonat. L'artista, doncs, és marginat per una societat que no el

52 Josep de C. Laplana, op. cit. pàg. 58

comprèn. Rusiñol dispara en totes dirteccions: es burla dels gèneres de teatre popular com el *género chico*, critica la incomprensió de la societat i de la mateixa classe a la qual pertany, ja que no permet als seus joves una vida més lliure. Margarida Casacuberta hi veu una actitud decadentista, ja que Joanet, el protagonista, no pot realitzar els seus somnis i romandrà al poble per casar-se amb la noia que li ha estat assignada després que la *troupe* sigui foragitada.

La crítica va rebre bé la fusió dels elements teatrals amb la música i la plasticitat escènica. Hi veien la idea del teatre wagnerià. En canvi el dramaturg Ignasi Iglésies no va simpatitzar amb el to decadentista de l'obra. Jaume Brossa la va comparar amb Wagner i Maeterlink i va veure Wagner com un artista més total. Modernament Laplana ha considerat *L'alegria que passa* com l'obra simbolista de Rusiñol d'un gust més exquisit.

## ELS PERSONATGES I EL SIMBOLISME

Els personatges, potser llevat d'en Tòfol, tendeixen a ser presentats com a paradigmes d'idees o de tipus de vida, de manera que ja adquireixen un valor simbòlic des de bon principi: en Joanet representa el deler d'una vida artística; en Cop-de-puny, la força i la brutalitat masculina. La Zaira simbolitza el temperament artístic i sensible, però també la dissort d'una vida immersa en la pobresa que tem tot artista lliurat a l'art. La Zaira, al seu torn, es troba sota l'opressió del personatge més forçut del circ, en Cop-de-puny, personatge rude, insensible i masclista. L'objectiu de l'obra no és pas de denunciar l'opressió de gènere, però el tema s'hi dibuixa implícitament i la brutalitat del personatge es fa ben palesa. Cop-de-puny és l'agent provocador de la tristesa i la desesperança de la Zaira i, en conseqüència, del Joanet. És la força bruta i la representació de la insensibilitat total, un ésser que es complau en la seva pròpia violència. Darrera d'aquest personatge apareix la sensibilitat de l'artista modernista oposada a la brutalitat de la vida que representa en Cop-de-puny.

La relació entre la tristesa i l'alegria assumeix les tècniques del teatre de Maeterlink: construeix un símbol a partir d'un sentiment que s'intueix entre les relacions dels personatges. També té a veure amb el pensament filosòfic d'Henri Bergson (1859-1941): el temps és breu i efímer i l'alegria no té durada, és un sentiment que no es pot retenir.

## L'ARGUMENT I EL CONFLICTE DE L'ARTISTA MODERNISTA

L'artista modernista concep l'art com una religió i l'artista com un sacerdot de l'art, com un místic de l'activitat artística que aspira a ser un heroi seguit per tota la societat, a sacsejar-la i transformar-la. *L'alegria que passa* s'adscriu completament a aquests plantejaments, ja que el protagonista ha de fer un casament d'interès quan el que el tempta és la vida artística, que veu personificada en el circ ambulant que arriba al poble. Aquesta concepció mística de l'art és una reacció contra el positivisme. Ralph Emerson (1803-1882) és el primer a parlar de la mística de l'art. Les arrels d'aquesta idea es troben en la filosofia romàntica alemanya. L'artista ha de ser un referent, concep la vida en contra de la insensibilitat, de la prosa, de l'avarícia i la insinceritat.

Al llibre, doncs, es plantegen els dos pols antitètics. De la mateixa manera sublima de forma simbòlica les sensacions dels més de deu anys del Rusiñol adolescent i jove confinat en una oficina, sense poder lliurar-se a la seva vocació artística. També reflecteix els anys de lluita per a la seva acceptació social com a artista.

Ara bé, la formació literària de Rusiñol depèn molt de lectures populars i romàntiques. L'any 1894 encara feia servir l'adjectiu romàntic per a alguna de les seves obres, però el seu punt de vista irònic l'en allunyava. Amb tot, el plantejament inicial de l'obra: arribada d'un circ a un poble i representació de la funció, evoca una mica el món del costumisme de mitjan segle XIX on segur que s'havia format com a espectador teatral; el sainet i la farsa que també es representaven en aquella època devien ajudar-lo a afinar el seu sentit de l'humor. Però la intencionalitat és una altra. L'artista ha d'*épater le bourgeois,* ha de somoure la classe a la qual pertany, que considera que està adormida. En les biografies personals de Rusiñol i de Maragall el conflicte entre l'individu i la societat, tan típicament modernista, es concreta en la lluita perquè les famílies respectives acceptin la seva vocació artística. En el cas dels escriptors hi ha també un reclam: poder-ne viure professionalment. Aquesta professionalització fou molt difícil en el cas català per als escriptors. Ara bé, sí que es va produir en el cas dels arquitectes com Gaudí (1852-1926) i Domènech i Montaner (1850-1923), o fins i tot en el cas dels pintors, com Casas i Rusiñol. Segons Josep Pla, Rusiñol es va guanyar millor la vida com a pintor que com se l'hauria pogut guanyar com a hereu de la fàbrica, però sabem que, a més a més, també es va guanyar la vida gràcies als rèdits del seu teatre. De manera que el cas de Santiago Rusiñol és un dels pocs on la professionalització a través del públic realment fou assolida.

Ara bé, a *L'alegria que passa* aquest èxit professional que Santiago Rusiñol va assolir encara no s'havia consolidat completament, tot just començava. L'escriptor vol posar de relleu la frustració de l'artista davant d'una societat que no entén el seu projecte. Josep Pla afirma que l'avi va cedir quan el jove pintor li va regalar un quadre del port de Barcelona. Tanmateix, segons estudiosos posteriors no va cedir, ja que va regalar el quadre al seu avi matern. Cal que l'avi Jaume, l'avi patern, mori perquè Rusiñol pugui fer realitat el somni de dedicar-se completament a l'art. Tot i que la seva dona Lluïsa Denís també se sent seduïda per la vida artística, la perspectiva que Rusiñol abandoni els negocis familiars amb una filla acabada de néixer, no li agrada, i la sogra s'hi oposa completament. La situació, tot i resultar molt tòpica, és real i és a l'origen del trencament amb la seva dona. Aquest conflicte és a l'origen de la fugida de l'artista cap a París i cap a l'art, una fugida que va suposar deixar com a curadors dels negocis el seu germà Albert i la seva dona, i és en aquest context que cal entendre el final dramàtic de l'obra.

*L'alegria que passa* no expressa el que Rusiñol realment va fer, sinó els anys de frustració anteriors mentre no ho feia; per això acaba amb una derrota: el protagonista no marxa amb la noia del circ, es casarà amb l'altra noia que li han indicat, no exercirà d'artista, i els artistes del circ rebutgen l'almoina dels vilatans, la menyspreen i se'n van. El que ja li estava passant al pintor-escriptor sense adonar-se'n és que, amb la seva ruptura amb l'avi i la dona, ja estava posant els fonaments perquè la seva història anés per una altre camí. Per això al cap dels anys va aparèixer una obra com *L'auca del senyor Esteve.*

*L'alegria que passa* i *L'auca del senyor Esteve* són les dues cares de la mateixa moneda, perquè a l'auca el net de la botiga de vetes i fils del barri de la Ribera pot arribar a assolir la condició d'artista amb la mort de l'avi, que li pagarà els marbres de les seves escultures. És el que va acabar produint-se en el cas de Maragall i Rusiñol. Si a la primera de les dues obres es manifesta la màxima tensió entre el jove amb aspiracions artístiques i la família i la societat, a la segona s'arriba a la reconciliació: és la vida de treball de l'avi la que obre la possibilitat de materialitzar el somni, i aquesta possibilitat es produeix finalment, com en la vida real de Rusiñol, amb la mort de l'avi a l'auca.

## EL DESENLLAÇ DE L'OBRA

Segons Raül Garrigasait: «No cal cavar gaire fondo per adonar-se que, per sota de la capa simbolista, per sota de l'aparent ingenuïtat del quadro líric i la bellesa de la seva construcció, Rusiñol es revela com un escriptor de la dominació i la violència. De vegades es dissimularà rere decorats preciosistes, de vegades rere el sentit de l'humor, però aquesta és una de les línies més rectes i segures que travessen la seva obra literària.»[53] Aquesta violència personificada per Cop-de-puny contra la Zaira o pel poble que expulsa la *troupe* de circ, apareixerà a més obres de Rusiñol i, d'una manera central i més descarnada, a *L'Hèroe*. En el cas de l'obra que tractem constitueix una picabaralla de molt valor simbòlic.

A l'obra, la ideologia modernista s'imposa sobre el que seria la lògica de la narració. L'espectador ha empatitzat amb la Zaira i en Joanet, que són personatges oprimits: en Joanet per la vida grisa i segura que li prepara la seva família; la Zaira per les mancances materials i la manca d'afectes segurs en la seva vida d'artista ambulant. Al seu torn, en Joanet no es troba sotmès a la brutalitat física com la Zaira, però no troba

53 Raül Garrigasait, op. cit. pàg. 75.

la manera d'ajudar-la i pateix el turment psicològic que implica haver de cedir a uns pares que l'obliguen a un matrimoni sense amor. La Zaira voldria una vida amb més seguretat i amor. Ell voldria una vida amb un amor de debò i més llibertat i més aventura. Rusiñol calibra molt bé l'equació entre vocació, seguretat i llibertat. La lògica de l'argument hauria de conduir l'espectador a veure com els dos personatges, en un segon acte, lluiten contra en Cop-de-puny i el pare d'en Joanet per realitzar lliurement la seva vida, i un tercer acte hauria de signar aquest destí en un amor conjunt, com passa entre en Manelic i la Marta a *Terra baixa* d'Àngel Guimerà, o bé acabar en tragèdia, amb la mort dels enamorats o la renúncia al seu projecte de vida plegats.

Però Rusiñol no vol resoldre així la seva obra, no vol donar ales a l'idealisme romàntic com va fer Guimerà, i la tanca abruptament al final del primer acte. Vol denunciar l'empresonament vital en què es troba ell mateix quan vol realitzar la seva vocació artística sent fill de la classe propietària dels mitjans de producció que no li reserva cap altre destí que el d'empresari. D'aquesta manera, els personatges esdevenen plans perquè el que domina és el final tràgic. Rusiñol escapça l'argument de manera tràgica, amb la fugida de tota la *troupe* del circ, perquè vol dir el que vol dir.

S'ha parlat molt de l'humor agredolç de Rusiñol, però el final d'aquesta obra és clarament amarg. No és incoherent amb el seu pensament artístic, que no vol fer concessions a la galeria. L'obra, doncs, tradueix les preocupacions de Santiago Rusiñol jove per tirar endavant una vocació artística incompresa per la família. Com indica Margarida Casacuberta: «*L'alegria que passa* recrea simbòlicament la irreversible marginalitat de l'artista en el marc d'una societat materialista, prosaica i grisa que el rebutja.»[54]

Ens trobem al moll de l'os de les preocupacions de l'artista modernista. Allò que s'ha anomenat l'oposició entre l'artista i la seva societat i que, com veiem, té, en el cas de Maragall i Rusiñol, una translació perfecta en el seu conflicte familiar. *Un enemic del poble* d'Ibsen dona el marc perfecte a tota aquesta problemàtica perquè allà el conflicte és entre tot el poble i una única persona. El doctor Thomas Stockmann denuncia que les aigües del balneari, que és la font principal d'ingressos al poble, esdevenen un problema perquè estan contaminades. Els habitants del poble intenten amagar aquest fet perquè no volen perdre la feina i els beneficis que els dona el balneari. El doctor es queda sol denunciant-ho i ha de marxar finalment del poble. Els interessos econòmics dels vilatans acaben passant per davant de la salut pública i esclafen l'honestedat del doctor. La idea anarquista que dona valor a l'individu per damunt de la massa travessa tota l'obra, com va travessar el modernisme català. El sentiment és el mateix a totes dues obres: la societat que esclafa l'individu.

---

54 Margarida Casacuberta, op. cit.pàg. 23

Santiago Rusiñol. Portal d'una masia. 1880-1885.
Museu de la Garrotxa, Olot. Etapa naturalista.

Santiago Rusiño. Paisatge. 1885-1888.
Biblioteca Museu Víctor Balaguer. Pintura a l'oli sobre taula.
El quadre pertany a l'etapa del pintor influenciada per Vayreda.

Santiago Rusiñol.
*Tarda de pluja.*
1889.
Biblioteca Museu
Víctor Balaguer.
Pintura a l'oli
sobre tela

Aquesta obra va ser pintada durant el viatge que va fer amb carro per Catalunya juntament amb Ramon Casas. Fou exposada a la Sala Parés l'any 1890 i, just després, Santiago Rusiñol la va donar a Víctor Balaguer per al seu museu.

Santiago Rusiñol. *Carreró de Rouen.* 1889-1891. Biblioteca Museu Víctor Balaguer. Pintura a l'oli sobre tela.

Rouen va suscitar reflexions al pintor. Rusiñol qüestionava l'enderrocament de la Barcelona medieval per fer una ciutat més àmplia, moderna i higiènica. Creia que el patrimoni medieval s'havia de conservar perquè els segles anaven donant una ànima única a la ciutat. A Rouen esperava trobar un bon exemple d'aquesta conservació, però no fou així, era un medievalisme postís, per a turistes, i només hi va dedicar dues teles.

Santiago Rusiñol.
*Ramon Casas amb bicicleta.*
1889.
Col·lecció d'Art Banc Sabadell.

Ramon Casas i Santiago Rusiñol es van pintar mútuament més d'una vegada. En aquest quadre Santiago Rusiñol pinta el seu amic descansant de pedalar. La bicicleta era un esport naixent i modern a finals del segle XIX.

Santiago Rusiñol. *Erik Satié, bohemi.* 1891. Etapa parisina de Monmartre.
Biblioteca de Catalunya. Arxiu Joan Maragall.
El pintor va quedar molt impressionat per l'aspecte bohemi del músic Erik Satié, que li fou presentat a París abans de ser conegut. Satié fou el gran renovador de la música de l'època de Debussy. Santiago Rusiñol va regalar aquest quadre al poeta Joan Maragall

Santiago Rusiñol.
*La medalla.* Quadre també anomenat *Rêverie.*
París, 1894. Pintura a l'oli sobre tela.
Museu del Cau Ferrat, Sitges. Col. Santiago Rusiñol, núm. inv. 31.691.

La model d'aquest quadre i de *La morfinòmana* fou Stéphanie Nantas.
Rusiñol la va fer servir de model a diversos quadres perquè hi trobava el to de misteri que buscava. Un dels més coneguts fou *Novel·la romàntica.* Com en el cas de *La morfinòmana,* el més important de la tela és el que suggereix més que no pas el que fa evident en allò que, aleshores, era el nou plantejament simbolista del pintor.

.

Santiago Rusiñol. *Parc del Moulin de la Galette.* París, 1891. Pintura a l'oli sobre tela.
Museu del Cau Ferrat, Sitges. Col. Santiago Rusiñol, núm. inv. 30.808.
El quadre fou pintat des de les habitacions del pis del barri de Montmatre on vivia l'artista. Al fons del parc es veu el molí que donaria títol a *Desde el molino,* llibre que va fascinar els barcelonins que s'emmirallaren en el que Rusiñol descrivia com una societat més culta, desperta i feliç.

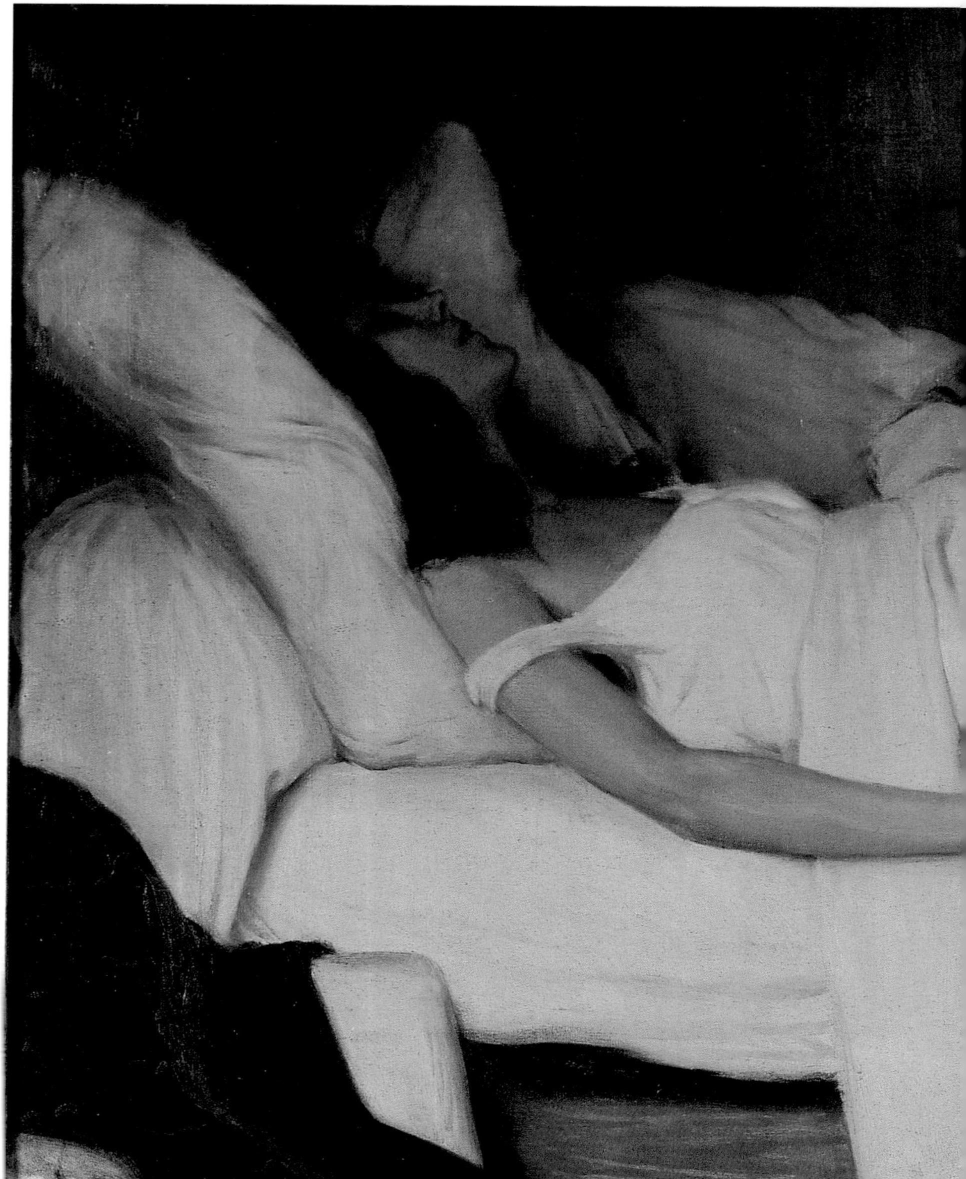

Potser podria insinuar-t'ho, mig dir-t'ho, fer-ho de mica en mica... Però em sembla que el millor és deixar-te de manera decidida.
www.rouredecanroca.cat
HERMÍNIA MAS
Estimat, t'he de deixar
edicions del roure de can roca, butxaca

ÀNGEL GUIMERÀ
Terra baixa
LITERÀRIA ST
T'estimo! I t'estimava des d'allà dalt, quan vas pujar, perquè jo era un grapat de neu que es va fondre mirant-te. I t'he estimat encara més en venir a trobar-te, pobre de mi, baixant a salts, com l'aigua de les muntanyes que corre a ajuntar-se amb l'aigua del mar.
Adaptació de Pere Martí
www.rouredecanroca.cat

HERMÍNIA MAS
JOSEP-FRANCESC DELGADO

# Ulldevellut

Edicions del Roure de Can Roca
· BUTXACA ·

25è aniversari
30 edicions
JOSEP-FRANCESC
DELGADO
Si puges al
Sagarmatha
quan fumeja
neu i vent
www.rouredecanroca.cat

Santiago Rusiñol.
*La morfinòmana.*
París, 1894.
Pintura a l'oli sobre tela.
Museu del Cau Ferrat, Sitges.
Col. Santiago Rusiñol,
núm. inv. 30.715.
Etapa de París Quai Bourbon.

Els aspectes decandentistes del quadre resulten obvis, així com el simbolisme cap al qual s'encaminava el pintor durant aquells anys i els correlats amb les pròpies experiències de l'artista. Amb tot, en opinió de la crítica, cal veure també en aquests quadres els plantejaments naturalistes dels inicis de la pintura de Rusiñol. La morfina era un tema de moda, però el naturalisme i la seva predilecció pels plantejaments mèdics cientifistes i l'estudi de les addiccions també es trobarien en la tria del tema d'aquesta tela.

Santiago Rusiñol.
*Bosc de Cuní.*
Olot 1888.
Oli sobre tela.
Centre de Lectura de Reus.

Aquest quadre pertany a l'etapa naturalista de Santiago Rusiñol. Segons Josep de C. Laplana podria ser que la jove dreta fos Lluïsa Denís, amb qui Rusiñol es va casar, i la dona ajaguda a l'arbre, la mare de la jove i sogra de l'artista, la iaia Loles. El quadre fou pintat en l'època de la ruptura familiar, quan l'artista va decidir de dedicar-se a l'art i es va negar a dur una vida d'empresari.

Santiago Rusiñol. *El Sena al costat de Notre Dame.* 1894.
Museu de Pontevedra.
Etapa de París.

A la part inferior de la pàgina anterior: Santiago Rusiñol. *Ramon Canudas, malalt al llit.* Sitges, 1892. Pintura a l'oli sobre tela. Museu del Cau Ferrat, Sitges. Col. Santiago Rusiñol, núm. inv. 30.763. Etapa naturalista.

Durant l'etapa bohèmia de París Ramon Canudas va ser un dels amics de l'artista. Pertanyia a la bohèmia negra, ja que no tenia diners i entre tota la colla d'artistes li van comprar un llit quan li van embargar el que tenia de lloguer per manca de pagament. Se l'estimaven molt pel seu bon cor. Va morir a Sitges de malaltia i Rusiñol li va pagar l'enterrament. El quadre fou pintat pocs dies abans que morís.

En aquesta pàgina: Santiago Rusiñol. *La nena de la clavellina.* Sitges, 1893. Pintura a l'oli sobre tela. Museu del Cau Ferrat, Sitges. Col. Santiago Rusiñol, núm. inv. 30.806.

La llum matisada i extraordinària d'aquest quadre i els seus colors contrasten amb els d'abans de marxar a París. És la llum de l'Escola Luminista oposada a la d'Olot, de cels i vegetació més nòrdics.

Santiago Rusiñol. *La sèquia dels baladres.* 1901.
Cercle del Liceu.

Santiago Rusiñol. *L'assommoir.* 1901-1902.
Cambra Oficial de Comerç, Indústria i Navegació de Barcelona.
El títol del quadre és un homenatge al novel·lista naturalista Émile Zola, que acabava de morir.

Santiago Rusiñol. *Canal del Tajo.* 1915.
Patrimonio Nacional, Palau Reial de Madrid, 10069992.

Santiago Rusiñol. *Jardins d'Aranjuez.* 1910.
Museu de Saragossa.

Santiago Rusiñol. *Jardí de l'ermità.* Miramar .1919.
Museu de Pontevedra.

## LES DARRERES DÈCADES DE L'ARTISTA

Ara bé, tant Maragall com Rusiñol van establir acords amb la família que els van permetre de realitzar la seva vocació, no van acabar pas sentenciats a la monotonia, com en Joanet, o expulsats com la Zaira o el doctor Stockman. No van morir de malaltia per la misèria de la bohèmia negra com Ramon Canudas; ni es van suïcidar, com Raimon Casellas, temerosos de perdre la feina a mans dels joves noucentistes. D'una banda, doncs, trobem una societat que ja dona artistes defensors de la seva vocació i plenament moderns, de l'altra aquesta vocació no pot realitzar-se gràcies als guanys d'un mercat que encara no els professionalitza. La professionalització és el que Rusiñol va trobar a París, però encara no a la Barcelona de finals del segle XIX: les llibreries i sales d'art parisenques funcionant sempre. Al principi Rusiñol no ho va trobar a Barcelona perquè era home de lletres. Les lletres foren una cosa, però l'arquitectura en fou una altra. Els arquitectes modernistes sí que ho van trobar. En el cas dels arquitectes modernistes el debat es diferent: Lluís Millet, fundador de l'Orfeó Català, es queixa en les seves cartes a l'arquitecte Domènech i Montaner que s'està passant de pressupost en les despeses del Palau de la Música catalana i es nega a pagar-lo. Domènech i Montaner ha de patir per cobrar, però acaba cobrant. La burgesia barcelonina va promoure la innovadora arquitectura modernista i la va pagar. Amb la literatura la cosa va anar diferent, fou un procés més lent i difícil. Segons Raül Garrigasait: «Si les peces noucentistes aspiren a justificar-se pel seu refinament, Rusiñol aposta per una literatura sostinguda i justificada pel mercat. Reivindica un teatre *a gust de les majories, una cosa atemperada, arregladeta, lluny de la xavacaneria, però també lluny, ben lluny, molt lluny, de l'ensopiment i de la nyonya*, un teatre popular en català que pogués conquerir el Paral·lel. Rusiñol predicava amb fets; a partir dels volts del 1910 es va consagrar als gèneres menors: farsa, sainet, vodevil. Com a autor dramàtic es va anar fent petit, per raons públiques i meditades. Rusiñol va saber veure que la migradesa del mercat era un dels grans mals de la literatura catalana. I ell, justament ell, que no necessitava guanyar diners amb els llibres, va defensar que una literatura sense valor econòmic no anava enlloc. El fill de la burgesia encara tenia els números al cap.»[55] Podem concloure, doncs, que a desgrat de la migradesa del mercat al qual el dramaturg s'adreçava, Rusiñol sí que fou una excepció. No solament fou un pintor professional, també fou durant el segle XX un escriptor professional.

Vinyet Panyella explica: «Els homes del Noucentisme no podien perdonar ni el faceciós i anecdòtic autor, ni el pintor de jardins, contra el qual s'acarnissaren sempre que en tingueren ocasió.»[56] El consideraven un anacronisme. Es veien a

---

55 Raül Garrigasait, op. cit. pàg. 133.
56 Vinyet Panyella. *Santiago Rusiñol, el caminant de la terra*. Pàg. 12

a ells mateixos més cultes i refinats, i aquesta idea es va imposar fins i tot en un autor que no era del grup com Josep Pla: «en la literatura catalana hi hagué un moment que Rossinyol fou superat ràpidament. El Noucentisme li fou fatal. Els escriptors joves, més cultes, més cultivats...»[57] Però aquesta visió no era real. El Rusiñol de la maduresa havia esdevingut un home culte i cosmopolita. Senzillament no combregava amb el Noucentisme perquè defensava la llibertat total de l'artista i era enemic de qualsevol cosa que pogués fer la més mínima olor de partidisme o fanatisme. Si la seva religió era l'art, a l'única cosa que anomenà partit -i ho va fer irònicament- no fou als partits polítics, sinó al modernisme. Les crítiques sobre la seva escriptura dialectal també amaguen un altre fet: la varietat de la riquesa expressiva i lèxica del seu llenguatge dramàtic que es fa evident quan hom s'atura a estudiar-lo i que no ha estat posada de relleu fins ara.

Però això no li serví de gaire durant el Noucentisme. Un dels episodis més penosos d'aquella intolerància fou quan s'escampà el rumor que el govern francès li havia comprat quadres durant la Primera Guerra Mundial per agrair-li el seu suport als aliats. No era cert, la compra dels quadres s'havia realitzat molts anys abans i en un article de *l'Esquella de la Torratxa* el van defensar dient que Rusiñol es guanyava la vida com a artista i no com altres que cobraven per diverses bandes de l'administració pública: era una al·lusió directa a

57 Josep Pla , op. cit. pàg. 575

Eugeni d'Ors, filòsof i pensador del Noucentisme, el creador del mite de la Ben Plantada. Paradoxalment, durant aquells anys 20 en què rebia menys reconeixement per part de l'elit intel·lectual catalana, fou quan va rebre més reconeixement popular en forma d'homenatges. Potser la gent es va adonar de l'honestedat artística d'aquell home que creia en l'art com una religió. No són pocs els qui s'admiren dels seus darrers anys com a pintor amb l'artrosi afectant-li els dits que es corbaven endins, cap al palmell de la mà. I tanmateix va continuar pintant i va morir així, pintant als jardins d'Aranjuez.

Com a escriptor fou professionalment honest, creia que el mercat petit era el mal que calia atacar i que no es podia solucionar amb escriptors a sou d'institucions públiques, sinó amb escriptors independents i autosostinguts. De manera que la producció dels darrers anys de l'artista assoleix l'objectiu que el final rupturista de *L'alegria que passa* no havia assolit: una conciliació amb la societat i una professionalització a través del públic que el moviment noucentista mai no va assolir. Rusiñol fou un dramaturg estimat pel seu públic, no fou com la *troupe* de circ expulsada del poble.

L'afecte de la gent per Rusiñol dura fins als nostres dies. A Sitges l'Associació del Ram de tot l'any, una entitat fundada el 1932, un any després del traspàs de l'escriptor, procura que cada setmana hi hagi flors al Cau Ferrat i al seu monument. Més de 90 anys després de la seva mort l'afecte de la gent perdura religiosament, potser perquè aquella mística de l'art que va professar sempre va arribar molt més al públic del que ell mateix podia imaginar-se. Només artistes molt estimats com per exemple el poeta Aleksandr Puixkin (1799-1837) a Rússia, han tingut una devoció tan continuada durant tants anys en forma d'ofrenes florals als seus monuments. En vida, Rusiñol no va parar gaire temps en un mateix lloc, sempre a la recerca d'un ambient o d'un indret on la seva retina pogués copsar la fina vibració d'alguna de les cordes de la bellesa per pintar-la; Àngel Guimerà ens havia donat la passió, Santiago Rusiñol ens va llegar aquesta bellesa que havia buscat tenaçment i el seu humor. Totes dues coses es van quedar per sempre entre nosaltres.

Ramon Pichot. *Sorolls de quietud.* 1897.
Dibuix a llapis carbó i tinta sobre paper.
Museu del Cau Ferrat, Sitges.
Col. Santiago Rusiñol, núm. inv. 30.667.

# L'ALEGRIA QUE PASSA

(Sitges, 1897)

Santiago Rusiñol

Quadre líric en un acte

Música de N'Enric Morera

# PERSONATGES

**Cabòries.** Cavil·lació, idea que preocupa massa.

**Adotzenada.** Vulgar, comú, sense mèrit.

**Escarràs** Persona que fa la feina més pesada.

L'ALCALDE, home fort i de mal geni. 60 anys.

JOANET, fill de l'alcalde. Jove de poble que ha llegit i s'ha omplert el cap de **cabòries** malpaïdes. 24 anys.

AGNETA, promesa d'en JOANET. Noia indiferent. **Adotzenada**, del rengle de virtuoses per tendència.

TÒFOL, panxacontent del poble. Bon home i mandra. 40 anys.

TUIES, la seva dona. Directora del marit i **escarràs** de la botiga.

ZAIRA, ballarina o cantant bohèmia. Tipus exòtic. Bon cor i mala vida. Mare de família esguerrada pels tràngols de la fortuna. Símbol de la poesia que passa.

CLOWN, bohemi, amb bons sentiments, burlant-se fins d'ell mateix.

COP-DE-PUNY, veritable **bruto** ambulant. Dominant per la força bruta. 40 anys.

JERONI.

UN PAGÈS.

UN VELL.

El MICO, mico de carro. Feliç els dies que menja bé: desgraciat quan falten els aliments.

El CAVALL, criatura resignada.

PAGESOS. DONES. CAPELLANS. POBRES. CARRETERS I CRIATURES.

**Bruto.** Castellanisme. Violent, rude, sense miraments ni civilitat.

SANTIAGO RUSIÑOL
S. Rusiñol
L'ALEGRIA
QUE
PASSA
MÚSICA D' ENRIC MORERA
TIRAT A CAN UTRILLO & RIALP PASSEIG DE GRACIA 174 BARNA

Santiago Rusiñol. *Cartell de L'alegria que passa.* Barcelona, 1898. Litografia sobre paper. Museu del Cau Ferrat, Sitges. Col. Santiago Rusiñol, núm. inv. 30.771

# ACTE ÚNIC

*L'escena passa en un poble indiferent, vulgar i ensopit. Al fons, travessant l'escenari, hi ha la carretera, ben polsosa, i dos o tres* ***guarda-rodes.*** *Al voltant es veuen algunes botigues. Un carreter, amb una roda al peu del portal, cremant encenalls a l'entorn; un fuster, amb una caixa de morts; un estanc; un* ***baster****, amb* ***bots*** *de vi inflats a la porta, i un hostal, amb una tauleta a fora, on, mentre duri la funció, un menestral farà el solitari, sense dir mai ni una paraula i sense distreure's per res.*

*A primer terme, una placeta. A l'esquerra, una església sense estil ni ordre d'arquitectura, amb tres esglaons al portal, i una capelleta amb un fanal apagat. A la dreta, un ferrer, amb ferradures a la porta. Al mig de la*

**Guarda-rodes.** Piló col·locat a les vores de les carreteres, Serveix per a evitar que els vehicles surtin fora de la calçada.

**Baster.** Persona que té per ofici fer guarniments de les bèsties de càrrega.

**Bot.** Cuir cosit, serveix per a contenir vi i altres líquids .

*plaça, mitja dotzena de plàtans, ben polsosos i malalts, i dos bancs corcats, de pedra.*

*Comença la tardor. De tant en tant caurà alguna fulla seca.*

*Mentre duri la comèdia, per la carretera passaran uns pobres amb un carretó, un noi arreplegant fems, un peó, un capellà i, si pot ser, un carro anant molt a poc a poc amb el carreter adormit.*

*Són dos quarts de cinc de la tarda.*

## ESCENA I

En JOANET i en TÒFOL, i COR DE BOTERS

*En Joanet i en Tòfol mig ajaguts en el banc del peu de la església; l'alcalde i dos o tres vells adormits en els pedrissos.*
*A l'aixecar-se el teló, els boters cantaran «Tú eres la flor», en terceres: la campana tocarà tres batallades, de tant en tant, anunciant el rosari, que cantaran dintre, procurant donar a l'escena un aire d'ensopiment.*

COR DE BOTERS *(cantant)*:

"Mis **ocos** se **conmobieron,** ¡ay!,
al contemplarte,
mi **carubín**.
¿Cómo no **amarta**,
siendo tan bella?
Tú eres l'**astrella**
**prezioza ahurí**.
¿Cómo no amarta,
siendo tan bella?
Tú eres l'es...tre...lla
prezio...za ahurí.
Sí. "

**Ocos.** L'autor estrafà la pronunciació del mot castellà *ojos*, ja que la jota del castellà no existeix en català .

**Conmobieron.** En castellà correcte conmovieron.

**Carubin, amarta, astrella.** Canvia la e per una *a* per remarcar la pronúncia amb la vocal neutra del català oriental

**Ahurí.** Hurí. Dona bellíssima.

**Prezioza.** Preciosa. Remarca una pronúncia amb l'essa sonora del català.

NOIES *(dintre l'església, cantant)*: Déu vós salvi, Maria; plena sou de gràcia; el Senyor és amb Vós, i **beneita** sou Vós entre totes les dones, i **beneit** és el Fruit del vostre Sant Ventre, Jesús. Santa Maria, Mare de Déu, pregueu a Déu per nosaltres pecadors, ara i en l'hora de la nostra mort. Amén, Jesús.

**Beneita. Beneit.** En aquest context és sinònim de beneïda i beneït. Forma part de l'oració anomenada Avemaria.

JOANET *(amb un llibre a la mà)*: Ja acaben?

TÒFOL: Em sembla que diuen les últimes avemaries. *(A dintre canten una altra avemaria.)*

JOANET: Esperem.

TÒFOL: Per mi sí que... Ja tinc totes les feines fetes. Fa uns quants anys que, gràcies a Déu, estic en vaga.

JOANET: Que esperes que surti la dona?

TÒFOL: Doncs qui vols que esperi? M'ha dit: "No et moguis", i això de no moure'm, per ara, és el meu ofici. Si em digués "belluga't", serien els mals de cap! Jo compto que se'm fa molsa... a les frontisses. Sobretot aquí, a l'esquena, hi tinc un enrampament, que aquest rosari dels ossos s'ha tornat tota una **dena**.

**Dena.** Gra més gros o senyalat, que separa els grups de deu grans petits en els rosaris. En aquest cas té un sentit figurat.

JOANET: Quina vida!

TÒFOL: Pitjor no en vingui! Poble de pau, Joanet. Aquí sí que ja en poden venir, de guerres, i baralles de nacions, i això de la integritat, i dels drets i torts de l'home! Si no fossin els governs, que ja ens hi saben, el que és per mi no tindríem ni governs, ni nació, ni mapa, ni diputat, ni sereno! Bon llit!

JOANET: Tu no tens aspiracions.

TÒFOL: Ni sé el que són.

JOANET: Mira't el poble. No et fa l'efecte que tot dorm? Aquests plàtans, que ni creixen ni es revifen, que ni es belluguen ni es moren; aquesta plaça, que fa mil anys que treu pols i mai no l'acaba de treure; i la campana, i les teranyines de l'hostal, que van de pares a fills, no et donen nyonya?

TÒFOL: Jo estic amb el "con qué" que la vida ha de ser una cosa reposada. El món és un catre a la vora d'una taula: ara puges i ara baixes. Obrir la boca per badallar o ficar-hi menjar a dintre.

JOANET: Que ets feliç!

TÒFOL: Sí, noi. Déu m'ho conservi. La dona diuen que em mana. Que em mani! Menys feina! El manar vol el seu tràngol. Jo bado. Per a ser ric se n'ha de ser de la mena. Si en fos, en comptes de jugar a la **barrotada** de **llobí**, hi jugaria de pesseta; tindria dos mata-

**Barrotada.** Joc de cartes.

**Llobí.** Planta lleguminosa. En aquest context: grans que es feien servir en comptes de diners per jugar a les cartes.

**Flassada.** Manta. A l'edició de l'obra de 1905 es diu **passada;** en aquest context podria tenir el sentit de jugada de les cartes.

**Vet aquí.** Expressió col·loquial. Té un sentit de resum.

**Encaparrar-se.** Preocupar-se.

**Païdor.** Estómac.

lassos, una altra **flassada** i potser la dona més grassa. **Vet aquí** què hi guanyaria.

JOANET: I no voldries veure món?

TÒFOL: Ja he vist quatre dotzenes de pobles. Si fa no fa, tots són tallats de la mateixa manera. Hi ha més homes i més dones: amb això, hi ha més raons. Jo estic pel que és positiu.

JOANET: I què entens per positiu?

TÒFOL: No **encaparrar-se**. Prendre el sol de dia; de nit, l'ombra, i dormir les hores de reglament amb una mica de torna, menjar amb assossegament, i tornar a jeure, i...

JOANET: I jeure i tornar a menjar.

TÒFOL: Aquests són. Veus? Tu, llegint, t'omples el cap de cabòries; la lletra se t'entra cap endins, se't fa un nus al **païdor**, i la tinta t'ennegreix tot el rebost de la vida.

JOANET: Tòfol, jo voldria una altra vida. El temps que he estat a ciutat m'ha fet néixer somnis que no pots comprendre.

TÒFOL: Ni ganes.

JOANET: He tastat una altra vida, però no he fet més que tastar-la. Voldria veure de prop el caliu d'unes mirades que sols he vist en dibuix. Ja saps com és fet el pare. És alcalde i tot ho mana a cops de vara. Diu que essent ric no s'ha de saber res més que comptes per evitar que t'estafin; que amb diners s'aconsegueix tot; que la moneda sols es descanvia amb finques; i que el que en té hi ha de viure a sobre, vigilant-les nit i dia.

TÒFOL: Quant a això de les finques, encara m'avinc a tenir-les, però no pas a guanyar-les. Per mi, amb els meus pocs coneixements i escassetat de llegir, qui els ha de guanyar és la dona. L'home, la gran vigilància, i concedir a elles el dret que ens facin homes. Ja ho sé, que se n'alaben; però fas veure que no ho sents.

JOANET: **Ditxosa** mandra!

TÒFOL: Sí, i **ditxós** "noble trabajo"! Que treballin els solters. Per això en són. Però nosaltres, els pilars de la societat, com va dir-nos aquell senyor del ***"maiting"***, els responsables de la classe laboriosa; en fi, els homes madurs i... **Ca!** ¿Qui portaria les "**riendas**" del carro de la família? Això: ¿qui portaria les "riendas" del carro de la família?

JOANET: No em parlis de la família.

TÒFOL: ¿Que no te'n parli, i et cases un

**Ditxosa, ditxós.** Castellanisme. En aquest context indica una cosa que es fa pesada.

**Maiting.** Anglicisme. *Meeting.*

**Ca.** És una expressió que s'usa en la conversa i equival a una negació.

**Riendas.** Castellanisme En català, regnes, brides.

**Abocada trona avall.** Des de la trona de l'església, una petita plataforma elevada, es feien les amonestacions o anuncis dels casaments. Tirar trona avall s'utilitzava en aquest sentit.

**Pubilles** Plural de pubilla. Primera filla que, en absència de fills mascles, d'acord amb la tradició catalana, és l'hereva universal dels béns dels seus pares.

d'aquests dies, i tens la promesa **abocada trona avall**, i...?

JOANET: Sí; però ja t'he dit perquè em caso. Què faria? En què vols que mati el temps? Ja saps com la vaig conèixer: per retrat. Va sortir el pare, com aquell qui va a mercat, a caçar **pubilles,** i em va portar un mostrari. N'hi havia tres per triar, però a sota d'un deia "aquesta", escrit amb lletra del pare. Quan va arribar aquí al poble, ja venia contractada.

TÒFOL: Oh! També són retrat aquelles que tu somnies!

JOANET: D'això em queixo. Em casaré. Viuré com viviu vosaltres, m'adormiré sota els plàtans, com el pare *(assenyalant-lo)* i els seus amics de conversa *(assenyalant els altres adormits)*, i esperaré la vellesa, igual que un cocodril de poble.

*(Van sortint dones de l'església.)*

## ESCENA II

En JOANET, en TÒFOL i la TUIES.

TUIES *(sortint de missa i dirigint-se al seu home)*: Noi, què hem de fer?

TÒFOL: Dona, jo no porto pressa.

TUIES: Que no vens a berenar?

TÒFOL: Veus? Això ja és una altra cosa. No deixar-se **decandir** és "el deber del ciudadano". Anem. Joanet, "**alanta**".

JOANET: Fins a més jeure.

**Decandir.** Decaure, perdre les forces o ànims.

**Alanta.** Terme col·loquial del castellà *alante*. El terme normatiu és *adelante*, en català *endavant*. La transcripció canvia la *e* per la *a* per tal de marcar la pronúncia amb vocal neutra.

Façana del Cau Ferrat, la casa de Santiago Rusiñol a Sitges.

## ESCENA III

En JOANET i aviat l'AGNETA.

*En Joanet es queda pensatiu i recolzat en el banc, amb aire d'indolència. A dintre de l'església se sent el final del rosari. La mateixa música dels* ***Goigs*** *fa de* ***melopea*** *a allò que diu en Joanet que comença: «Ja passem un altre dia...» i acaba: «Quina quietud més* ***somorta****!»*

JOANET: Ja passem un altre dia. Un dia de joventut malgastada. *(La campana toca.)* Aquesta campana sembla que toqui l'enterrament de les meves il·lusions. ¿Per què no he de viure com els altres, pasturant el meu destí, com aquests **moltons** que em volten? Ara em caso, i digueu-me per què em caso. El pare, el poble, els amics, la mandra i la rutina, tot m'empeny cap a l'altar, com un torrent d'aigua mansa. Veig la plana de la vida sense una onada que es mogui, sense un tràngol, llisa i llarga com un desert sense flors. Quina quietud més somorta!
*(Es queda capficat.)*

**Goigs.** Poesies que es canten a la Mare de Déu, als sants o a Jesucrist per demanar ajuda o protecció i també per donar gràcies.

**Melopea.** En aquest context té el sentit de melodia de fons.

**Somorta.** Defallida, mancada de vitalitat o de força.

**Moltons.** Mascles castrats de les ovelles.

*(Surten dones de l'església, i entre elles, l'Agneta, que, veient en JOANET pensatiu, posada a dalt dels esglaons li diu:)*

AGNETA: Joanet!

JOANET: Hola, Agneta!

AGNETA: Et veig molt **motxo**! En què penses?

**Motxo.** Taciturn, capficat.

JOANET: Pensava en tu.

AGNETA *(mig rient)*: Mentider!

JOANET: T'ho juro: pensava en tu.

AGNETA: Ja has vist que ha anat la segona?

**Amonestacions.** Anunci a l'església, dels noms dels qui volen casar-se.

JOANET *(distret}*: De què?

AGNETA: Home, d'**amonestacions**.

JOANET: Ah! És veritat.

AGNETA: Ja saps la doctrina?

JOANET: Com un **vicari**.

AGNETA: Ja has comprat la calaixera?

**Vicari.** Sacerdot que ajuda el rector en una parròquia i es troba sota la seva autoritat.

JOANET: D'això, se'n cuida el pare. Ja saps que tot ho preveu i no faltarà cap detall per al benestar que ens espera.

AGNETA: Mira'l com dorm!

JOANET: També dormirem nosaltres, quan tindrem la seva edat

AGNETA: Que vindràs després?

JOANET: Sí, abans de sopar.

AGNETA: Vine, que hem de parlar d'uns assumptes.

JOANET: No hi faltaré.

AGNETA: D'aquí a després, Joanet

JOANET: Adéu, Agneta. *(Amb una miqueta de postura.)* Pensa en mi!

AGNETA: Ja ens vagarà de pensar-hi.

*(Han sortit totes les dones. Els ferrers treuen un ferro roent i, picant sobre l'**enclusa,** canten.)*

**Enclusa.** Peça de ferro que té la cara superior plana, composta d'una part quadrangular i una o dues parts triangulars, i damunt la qual es treballa el ferro a cops de martell.

## ESCENA IV

L'ALCALDE, EL VELL, en JOANET i COR DE FERRERS.

*A l'acabar es repeteix més piano la cançó dels ferrers amb la lletra de la tercera estrofa; «Cantem, companys...»*

COR DE FERRERS:

Al dolç compàs del bressol de la manxa
anem cantant per no caure ensopits,
anem cantant per distreure la mandra,
anem cantant per no caure adormits.
    Pim, pam, pim, pam!
    Piquem, germans!
    Del treball, en ve el descans.

Quan fa un bon sol, i que bona n'és l'ombra!
Quan fa un bon fred, i que tou que és el llit!
Diu que el treball redimeix l'home.
Treballem, doncs, per deixar-lo redimit.
    Pim, pam, pim, pam!
    Piquem, germans!
    Del treball, en ve el descans.

Cantem, companys, la cançó de la nyonya,
pensant en l'hora del dolç no fer res,
pensant en l'hora d'aquella dormida,
del son etern a la pau dels xiprers.
    Pim, pam, pim, pam!
    Piquem, germans!
    Del treball, en ve el descans.

*(En Joanet llegeix. L'Alcalde i un vell es desperten.)*

L'ALCALDE: Quina dormideta, Jeroni!

EL VELL: Quin benestar!

L'ALCALDE: Quina hora és?

EL VELL *(badallant)*: Deuen ser les cinc.

L' ALCALDE: Jo me'n vaig.

EL VELL: On aneu?

L'ALCALDE: A jeure a l'era.

EL VELL: Jo us acompanyo.

L'ALCALDE (*veient el noi)*: Que vens, noi?

JOANET: Anem, pare.

L'ALCALDE: Deixa't de llibres. Llegeix les lletres dels **duros**. Totes diuen el mateix, però sempre alegren la vista.

**Duro.** Moneda de cinc pessetes.

*(Se'n van tots. A la plaça no hi queda més que un vell adormit en un banc i el menestral que*

*juga al solitari. Els ferrers treuen un ferro roent i canten, encara més a poc a poc que abans.)*

COR DE FERRERS:
Cantem, companys, la cançó de la nyonya,
pensant en l'hora del dolç no fer res,
pensant en l'hora d'aquella dormida,
del son etern a la pau dels xiprers.
    Pim, pam, pim, pam!
    Piquem, germans!
    Del treball, en ve el descans.

Santiago Rusiñol pintant al claustre de la catedral de Tarragona, 1897 Museu del Cau Ferrat, Sitges. Col. Santiago Rusiñol, núm. inv. 32.579-2-15.

*(Moment de silenci. Un vell ronca i, donant capbussades a l'arbre, fa caure algunes fulles. Toquen les cinc molt acompassades. Tot calla.)*

**Empolsat.** Empolsegat.

**Tísiques.** En aquest cas té el sentit de plantes malaltisses. La tisi era una malaltia pulmonar.

**Llustrina desllustrada.** Tela lluent que ja ha perdut la brillantor.

**Raül dels Hugonots.** Al·ludeix a un personatge d'una òpera romàntica de Mayerbeer.

**Hèrcules.** L'autor fa referència a la força física d'aquest déu romà d'origen grec.

## ESCENA V

*A un costal de la carretera se sent venir una gran cridòria de criatures i homes. Arriba un carro de gimnastes. El carro, verd, destenyit i molt* ***empolsat****. A darrere, una mica de plataforma, amb algunes plantes* ***tísiques;*** *al mig, una finestreta amb cortinetes de* ***llustrina desllustrada****, i, a sobre, cèrcols, cadires I altres eines de l'ofici. El cavall, tan magre com pugui aguantar la pobra bèstia i, a sobre, un mico vestit de "conde", de* ***Raül dels Hugonots*** *o de mosqueter.*

*Guiant el carro, en Cop-de-puny, l'****hèrcules*** *de la companyia, desenrotllat de musculatura i prim de ventre, vestit de gimnasta, amb la imitació de carn ben sufocada, un tros de feltre imitant la pell de tigre, tot ell ben empolsat i amb l'americana posada. Quan se la tregui, en el braç se li veurà tatuat un cap de fera.*

*A la finestra traurà el cap la Zaira, vestida de ballarina de carro.*

*A la plataforma del darrere, el pallasso. Si pot ser, tan magre com el cavall, amb la cara alegre i intel·ligent, despintat, sense perruca, i també amb l'americana sobre el vestit de clown. Toca el timbal de tant en tant i mou molta* ***saragata****. En arribar el carro a la plaça, s'atura, toca l'orquestra, tothom crida, surt gent dels portals i dels balcons, i de pertot arreu criatures. L'ensopiment d'abans es converteix en gran gatzara i alegria.*

**Saragata.** Soroll que fa un grup de persones que està de festa. Avalot.

CLOWN *(des de dalt del carro)*: Escolteu amb atenció, ciutadans d'aquest poblet. *(Redoblant i cop de bombo.)* L'alegria ja s'apropa. Vinguin d'aquí a una hora a veure i sentir de prop el daltabaix que es prepara. *(Gran cop de redoblant i crits del poble.)* Silenci, poble! *(Para l'orquestra.)* La funció que donarem no és de "**papa dineru**": treballem per la instrucció i el "**recreiu**" de les persones honrades. No demanem caritat: passem la safata. Venim d'uns pobles que no els volem anomenar perquè tampoc els sabríeu, i sols us diré que són més enllà de la França, tirant a mà dreta de l'altra banda del mapa... Noi, no **enquietis** el cavall!... No diré que siguem propietaris, però tot aquest bé de Déu de carro, i de bestiar, i de persones, tot és nostre, i, en dir nostre, vostès han pres possessió del piset, com si fos a casa seva...

**Papa dineru.** Que vol fer gastar inútilment els diners als altres.

**Recreiu.** Castellanisme Divertiment. Del castellà *recreo.* L'escriptura reflecteix la pronunciació en català oriental central.

**Enquietar.** Inquietar.

**Recreu.** Mateix cas que l'anterior.

**Quarto.** Catellanisme. Habitació. A mitjan segle XX Mercè Rodoreda i Joan Sales ja discutien sobre l'ús del mot que encara no ha estat acceptat.

**Jaç.** Lloc per jeure o dormir.

**Sacsons de vianda.** Plecs de carn.

**Bola.** En aquest cas es refereix a l'ús popular del mot en el sentit de mentida. També es pot referir al gruix dels bíceps del braç.

Noi, que no tirem pinyols!... Aquest carro, vist per dintre, ve a ser una finca de "**recreu**". Tal com el veuen, amb aquest posat modest, té dues alcoves, menjador *(tararit)*, cuina, sala de rebre, **quarto** per al mico i **jaç** per a un servidor. No hi falta més que aliments. Aquest carro és l'estoig meravellós, l'arca de la nigromància, el palau de tota la força bruta, i de la roba també bruta, i del joc de la llestesa, i de tot el que veuran, si tenen vida i salut, abans que aquest sol es pongui. *(Redoblant. Baixa del carro i fa la presentació.)* Preparin-se a badar la boca, ciutadans d'il·lustració! Al senyor, diguem l'hèrcules *(en Cop-de-puny saluda.)*, li diuen en Cop-de-puny, i el nom solament ja expressa. Aquests bonys que té als braços tot és força concentrada que li surt als defores; aquests **sacsons de vianda** de les cames són la força de la coça, i aquests turons del ventrell no es creguin que siguin els aliments; tot surt de la fortalesa. Quan ell dona un cop de puny, comptin que fa trencadissa. Aixeca un carro amb les dents...

UN DEL PÚBLIC: **Bola**!

CLOWN: ...ple de palla; aguanta un **canonge**

amb la mà esquerra, amb la dreta es grata, amb els peus esclafa dues criatures, si les hi deixen esclafar, i encara li queden forces sobreres per a malmetre **qualsevulga friolera**. Amb aquest aire reposat que li noten, creguin-me a mi, cavallers, que és subjecte de respecte; però, això sí, aquest pilot de **fenòmeno,** aquesta torre de muscles, aquest portentós **portento**, veuran que, si no l'inquieten, és manso com un moltó. A ell, com podran notar, deixin-li donar cops de puny, menjar estopa encesa, alçar pesos de cent lliures, i el tenen entretingut com una criatura. Amb això, vinguin, cavallers, a veure'l, que de peces així, no en crien totes les **dides**. *(Redoblant i crits.)* Alto, senyors! El segon número que tinc l'honor de presentar-los és la filla del portento. Ella, de força, no en té, que ja n'hi ha ben bé prou amb un forçut a la família. La seva força és la veu. Ha cantat per tots els camins d'Europa, per totes les planes, per totes les capitals de teulada, i mai ha cantat en bardissa. És cantant de carretera igual que les cigales. Canta vint-i-cinc quilòmetres, quan convé, i porta cançons de banda

**Canonge.** Càrrec d'importància dins de l'església catòlica.

**Qualsevulga.** Qualsevol.

**Friolera.** Castellanisme. Gran quantitat d'una cosa.

**Fenòmeno.** Castellanisme. Fenòmen.

**Portento.** Castellanisme. Persona admirable per alguna condició.

**Dida.** Dona que alleta el fill d'una altra que no té prou llet.

**Aucell.**
Ocell.

**Pubilla.**
Primera filla que, en absència de fills mascles, d'acord amb la tradició catalana, és l'hereva universal dels béns dels seus pares.

**Conde.**
Castellanisme. Comte.

**Quiten.**
Castellanisme. Treuen.

**Despejar:**
Castellanisme. Desocupar un lloc o espai.

**Morralet**
Sarró que es penja al morro dels cavalls, dels muls, etc., per donar-los menjar.

a banda de terra. Vinguin. companys, a sentir-la, que és l'**aucell** que alegra la nostra gàbia. *(Bombo.)* Ara ve el bo, cavallers! El tercer numero són dos números: el mico i un servidor. Tal com el veuen, amb aquest vestit de "**conde**", no han vist mai bestiola més modesta. Sap de llegir, però no sap de parlar, al revés de moltes dames, amb perdó de les que escolten. Com jo mateix, menja avellanes, escudella o tomàquets. No ens vinguin amb requisits, que "**quiten**" la lleugeresa. Ell i jo ens hem criat amics des de l'edat de deu anys, i el nostre ofici és fer riure, però ell ha tingut més estudis. *(Orquetra.)*

Amb això, vinguin a riure, senyors. No facin falta d'aquí a una hora. No faltin pas, que justament portem pressa i altres pobles ens esperen. *(Redoblant. El Clown baixa del carro.)* Apa, nois, a "**despejar**"! *(Tothom va marxant. La Zaira es fica dintre el carro. En Cop-de-puny posa el **morralet** al cavall i se'n va a la taverna, i sols queden algunes crialures entretenint-se amb el mico, que acaben també per anar-se'n.)*

## ESCENA VI

El CLOWN i en JOANET.

*El fill de l'Alcalde s'ha quedat mirant; desapareix la Zaira, i una mica a distància es queda mirant el Clown.*

CLOWN *(parlant sol i arreglant la pista)*: "**Bueno**"; ara l'**alfombreta arnada**: ara els pesos buits de dintre com son amo i tants altres que en conec; aquí la tauleta de les trampes, "el banco azul", aquí...

**Bueno.** Castellanisme. *Bé.*

**Alfombreta.** Castellanisme. Catifa petita.

**Arnada.** Roba feta malbé per l'acció de les arnes, uns insectes que s'alimenten de teixits.

JOANET *(apropant-se)*: Ja està tot a punt, això?

CLOWN: Només falta baixar el mico.

JOANET *(allargant-li un cigarret)*: Que no fumeu?

CLOWN: De vegades. Això va a pobles. En aquest fumaré mentre vulgueu. Que en sou, vós, del poble?

JOANET: Soc el fill de l'alcalde

CLOWN *(fent una reverència)*: Tan jove! *(Assenyalant el carro.)* Mireu, aquí és a casa vostra.

JOANET: Gràcies. Sou tres, a la casa?

CLOWN: I el cavall i el mico.

JOANET: I escolteu: Aquella noia és filla d'En Cop-de-puny?

CLOWN: I ca ha de ser, sant cristià! Això es diu per salvar l'honor del carro. Ella és filla d'algun tombant de camí, d'alguna casa de peó, o d'un palau de guardaagulles. Segur que nasqué **de passo**, com nosaltres perdonam.

**De passo.** Castellanisme. De pas.

JOANET: I per què va amb aquest... home?

CLOWN: La va domar de petita.

JOANET *(mirant el carro, pensatiu)*. Pobra noia! I vós, d'on sou?

CLOWN: D'on soc! I que ho sabem mai, nosaltres? Segurament que vaig néixer a un costat de carretera. ¿Heu vist, després d'una gran ruixada, que, a cada gota de pols, hi neix una granoteta? Doncs així devia néixer.

JOANET: No em feu riure!

CLOWN: Res de riure. Una llàgrima de broma que degué caure a la pols, i jo d'entremig de la llàgrima: apa, noi, un salt mortal i a la vida.

JOANET: Això és néixer a la ventura.

CLOWN: Això és néixer com una llavor perduda, com un gra de blat que ha caigut del sac d'un carro i que els pardals no han volgut.

JOANET: Sense bressol.

CLOWN: Sense res. De segur que degueren batejar-me al **regueró** de la cuneta.

JOANET: I, per **confits**, una bona pedregada.

CLOWN: Què, pedregada! Un sol més gran que un tortell. Això sí, quan vaig ser al món ja van començar els treballs. A quatre anys ja servia de pilota.

JOANET: De pilota?

CLOWN: De pilota voladora. El bandarra que em cuidava els aliments, posat d'esquena al coixí, em rebotia amb les cames, amb tant de **garbo**, que encara no caminava i ja sabia de volar. Tot jo era un desllorigament. Per aquest joc de carnadura i un somriure de criatura aventurera que tenia, a l'**istiu** sempre omplia la safata.

JOANET: A l'hivern, no?

CLOWN: A l'hivern no se'n fa, de caritat. Tothom té mandra de treure les mans del caliu de la butxaca.

JOANET: I aquell hèrcules és aquest que ve amb vosaltres?

CLOWN: I ca ha de ser? Almenys pesava cent quilos més. Si això és una papallona! Li deien en Barrafixa.

JOANET: En Barra què?

**Regueró.** Rec o solc estret per on passa l'aigua.

**Confits.** Caramelets farcits de fruita seca i envoltats de sucre endurit. Es repartien sobretot als batejos.

**Garbo.** Castellanisme. Gràcia que té una persona en la manera d'actuar i en els moviments, especialment en la forma de caminar.

**Istiu.** Forma col·loquial del mot *estiu*.

**Absenta.** Licor fet amb fulles de donzell. Fou una beguda de moda entre el segle XIX i el XX, molt popular entre els artistes. Es va consumir especialment a França i entre els pintors, però també a Catalunya.

CLOWN: Fixa. Mireu. Penjat de cap per avall del trapezi, hi bevia unes quantes **absentes**, pegava a la dona i s'hi gronxava, fins que el vi li pujava peus amunt, i llavors queia, i es quedava adormidet com una vedella!

JOANET: Quin aguant!

CLOWN: Jo vaig tenir-ne! Deu anys vaig passar al costat d'en Barrafixa.

JOANET: Ja és barra!

CLOWN: Que si ho és! Creieu-me; no en sabia, de menjar. L'aliment meu era pols de carretera. Es pot dir que vaig estrenar el dentat a la vora dels quinze anys.

JOANET: Ja us planyo!

CLOWN: Ca, home! Allò eren les olives, els bolquers de la carretera. Quan vaig ésser clown, quan em vaig veure la perruca, la blanca cresta a sobre el cap, cap gall ha fet quiquiriquic com la rialla burleta de tot el que em rodejava.

JOANET: I no voldríeu ser ric?

CLOWN: Tan sols voldria tenir una carretera meva. Una carretera llarga, amb tots els peons a les meves ordres, i jo anant amunt i avall, igual que una oreneta.

JOANET: I estimar?

CLOWN: Sempre, però sempre de pas. Un petó començat en aquest poble, i una mirada en l'altre, i més enllà una abraçada, i sempre anant a estimar i havent-se de **despedir**, per tornar a estimar de nou.

**Despedir.** Castellanisme. Acomiadar.

JOANET *(entusiasmant-se)*: Quina vida!

CLOWN: No sabeu què és la dolçor de la recança!

JOANET: Però m'ho figuro.

CLOWN: L'agredolç de veure l'amor que passa.

JOANET: Prou que ho endevino!

CLOWN: De no esbrinar mai el cor, de no malmetre la vida! No sabeu què és la il·lusió d'allò que fuig ni el que és la llibertat!

JOANET: L'he tastada. Tancat en aquest poble, sembla que porto un vestit folrat de reixa que m'empresona per fora. Voldria anar-me'n, i em sento encastat al poble.

CLOWN: Ah, si ho provéssiu! Ser lliure! Dir: "Tot és meu!" Dir: "No tinc parets que m'ofeguin, no tinc arrels ni afeccions; la vida és meva, sense destorbs ni barreres, ampla i oberta de bat a bat, com la boca del meu mico!"

JOANET: No encengueu els meus desitjos, que prou encesos que estan.

CLOWN: Què és la misèria quan es té la joventut?

JOANET: Per a mi, l'esperança.

CLOWN: Què són les penes, tenint ales per a fugir?

JOANET: Potser misèries que es deixen.

CLOWN: Diuen que fem riure els altres. I què? Per ventura no em ric de tot el que veig? Els reis, els soldats, els pagesos i els artistes, tot és un gran camp de cebes, que no saben com els **desprecio** ni de quina manera em fan riure. Totes elles no valen un tros de cel al fons d'una planura, amb un caminet que hi porti.

**Despreciar.** Castellanisme. Menysprear.

JOANET: Al sentir-vos em sembla que em surtin ales.

CLOWN: Company, teniu ja l'esquena dura perquè us surti la ploma: com a molt, borrissol de colomí.

*(La Zaira ha sortit a la plataforma del carro, i, veient el Clown que ella ha sentit el final de la conversa, li diu:)*

## ESCENA VII

El CLOWN, la ZAIRA i en JOANET.

CLOWN: No és veritat, Zaira?

ZAIRA: Què sé jo, pobra de mi! Tu cantes la llibertat amb colors d'alba i no veus venir la posta.

JOANET: I, a vostè, no l'entusiasma?

*(El Clown se n'anirà a dintre el carro, es posarà la perruca, s'emblanquinarà i amb el timbal i el mico entrarà als carrers del poble.)*

ZAIRA: No tant com a ell. Les dones hem nascut esclaves, i com a molt desitgem triar-nos l'esclavitud, i, si es troba, ella és el goig de la vida.

JOANET: Quina esclavitud voldria?

ZAIRA: I què en trauria, de dir-l'hi?

JOANET: Treure'm l'estranyesa de sentir-li dir el que diu.

ZAIRA: I per què?

JOANET: Perquè parlar-me d'estimar l'esclavitud, vostè, que em sembla l'aucell de l'aire, no ho entenc.

ZAIRA: No ho vulgui entendre.

JOANET: Potser abuso...

ZAIRA *(somrient)*: No abusa, no. No tots els homes que es troben per aquests camins que segueixo parlen amb tanta prudència.

JOANET: Perquè no tots la miren com jo la miro.

ZAIRA: I com em mira?

JOANET: La miro com si fos una **falcia** que passa i que no sé què assenyala.

ZAIRA: Una falcia sense niu sols assenyala indiferència.

JOANET: Oh, no! La miro i, a mida que més la miro, més m'inspira una estranya simpatia.

ZAIRA *(se'l queda mirant una estona):* Pobra de mi! N'he sentit moltes, de flors, corrent aquests camins d'espines! Compti que tinc divuit anys, i es pot dir que en fa divuit que camino món enllà. Compti quantes vegades m'han dit que era simpàtica! M'ho han dit gimnastes, carreters, pagesos, senyors i fins borratxos! M'ho han dit pregant-me i amenaçant-me; m'ho han dit amb els ulls encesos, i fins ensenyant-me diners. Vostè em sembla noble, i a vostè l'hi agraeixo.

JOANET: Miri: jo no he après de fingir. Quasi bé no he sortit del poble. Soc com **aqueixes** parets, dur i matusser, sense ratlles ni dibuixos. M'he apropat perquè, des que l'he vista entrar... no sé com dir-l'hi... m'ha sem-

**Falcia.** Ocell de la família dels apòdids, de cos afusat, potes curtes i ales llargues en forma de falç.

**Aqueixes.** Forma de l'adjectiu demostratiu que expressa proximitat en l'espai o en el temps respecte a la segona persona. Actualment s usa *aquestes.*

blat veure arribar l'**hermosíssima** figura d'una estampa que tinc a la meva alcova; és a dir... una dona que no era com les altres, una dona... que sols veiem en pintura els que vivim arrupits sota d'aquestes teules. Els cabells; els ulls d'un mirar brillant i fosc; el riure, i una espècie de tristor... m'ha semblat que no era aquella tristesa, ni l'alegria brutal que fins ara havia vist. Les ratlles eren més fines, com si fossin... més poncelles i marcides, més de dona somniada i temptadora, portant una estranya flaire de terres desconegudes, de països que em represento a les fosques i... que no sabria explicar-los.

**Hermosíssima.** Castellanisme. Molt bonica.

ZAIRA: Prou que s'explica. I perquè vegi que l'escolto, deixi'm dir i ser franca. No el conec, però vaig coneixent-lo. Tampoc vostè és com els homes que acostumo a veure i que acostumen a parlar-me. No porta a la boca ni el fel ni la maldat dels cors eixuts abans d'hora; no té els sentiments malalts, com els sers descolorits que he trobat pels carrerons de la vida oferint-me el seu amor entre un munt de vasos buits de cervesa; no és un cadàver vivent oferint-se'm per-

què servís de mortalla. Amb la manera de mirar, veig al fons dels seus ulls un cor estrany... i, amb la manera de parlar-me, una febre d'il·lusions. Jo ja soc vella per dintre i vostè jove. La que es casi amb el seu cor podrà viure molt feliç.

JOANET: No ho cregui.

ZAIRA: Dintre d'aquestes parets no faltarà qui l'estimi.

JOANET: Si l'ànima em fuig del poble!

ZAIRA: Aturi-la.

JOANET: I com aturar-la?

ZAIRA: Què sé jo! Acluqui les il·lusions.

JOANET: Si jo voldria fugir terres enllà, amb aquella que estimés!

ZAIRA: Veu? I jo quedar-me allí on fos, amb el que triés el meu cor!

JOANET: Córrer, sentir-me volar, anar abraçat per la ruta, veient passar el món com si rodés per **mes** plantes; relliscar ran de la terra, a bracet de **ma** estimada; córrer pobles i fronteres portats del vent de la sort, i besar-se amb les ales ben esteses.

ZAIRA: Ai, amic meu! Jo, al revés! Poc es pensa, quan, ja fosc, travessem amb el carro per algun poblet de la ruta, la tristesa que jo

Santiago Rusiñol assegut al Parc del Moulin de la Galette, cap a 1892. Època de Montmartre a París. Museu del Cau Ferrat, Sitges. Col. Santiago Rusiñol, núm. inv. 32.579-1-48

**Mes.** Possessiu reduït. *Les meves.*

**Ma.** Possessiu reduït. *La meva.*

sento veient sota el **quinqué** aquells grups de família a la vora del **caliu**! La tristesa sentint gronxar un bressol; l'enyorament d'una vida reposada, d'un home que m'estimés i m'estimés a mi sola, i em deixés morir tranquil·la sobre els seus braços honrats. Quan això veig tot passant, quin fred que hi fa dintre el carro! Quina fosca... i quina vida!. «Déu meu, -penso-, si ara et poguessis quedar! Si hi hagués qui et recollís, com viuries arrupida, estimant amb tota l'ànima!.»

JOANET: I per què no ha de trobar-ho?

ZAIRA: Qui vol que em vulgui per sempre?

JOANET: Aquell que l'estimi.

ZAIRA: Aquell que m'estimi! A mi se m'estima per les rialles que venc i l'alegria que porto. Si m'he aturat a contar-li coses tristes, prova que el considero.

JOANET: Prova que veu que el meu cor voldria seguir-la.

ZAIRA: Cregui'm: jo soc un núvol d'istiu: passa i se'n va, i com a molt deixa caure quatre llàgrimes de pluja.

JOANET: I jo una heura arrapada a les parets, que voldria ser regada per aquesta pluja de llàgrimes.

***Quinqué.*** *Llum, ordinàriament de petroli, proveït d'un tub de vidre i, generalment, d'un pàmpol.*

***Caliu.*** *Escalfor que projecten les brases d'un foc. A l'edició de 1905 es llegeix la paraula calin, que és un gal·licisme per referir-se a persones afectuoses. Santiago Rusiñol parlava bé el francès. Podria haver emprat la paraula expressament o pot ser una errada tipogràfica.*

ZAIRA: Veu? Vostè té el que jo voldria, un niu sota un campanar, i no ho estima per a res. Jo tinc el que vostè vol, la llibertat d'aire lliure, i em consumeix la tristesa!

JOANET: I qui li diu que no és vostè qui m'ha fet néixer aquest somni de córrer terres enllà com parella d'orenetes?

ZAIRA: I qui li diu...?

JOANET: Per Déu, digui!

ZAIRA: I qui li diu que no és vostè qui m'ha fet dir coses serioses a mi, la filla del riure?

JOANET: Escolti, abans d'anar-se'n. Jo amb vostè aniria a l'altra banda de la terra. Es quedaria per mi?

ZAIRA *(pensativa)*: Qui sap! Si no hagués d'anar-me'n...

*(En Joanet li agafa la mà i* ***li hi*** *fa un petó llarg. En aquest moment en Cop-de-puny, que els sorprèn, es tira a sobre d'ella, i a empentes la condueix dintre el carro.)*

**Li hi.** Figura així a l'edició de l'obra completa d'editorial Selecta de l'any 1973. El pronom feble *hi* indica que el petó es fa a la mà. Aquest pronom no apareix a edicions anteriors com la de 1905; aleshores indicaria que el petó es feia als llavis.

## ESCENA VIII

En COP-DE-PUNY, la ZAIRA i en JOANET.

**Ratet.** Diminitiu del castellanisme *rato*. En català, *estona*.

COP-DE-PUNY *(a ella)*: Molt bé! Continueu, coloms de carro! Aneu fent! Ja marxaré un **ratet** més. *(Canviant de to.)* Tu, a dintre! *(Donant-li una empenta.)* I tu *(a ell)* sabràs la meva força!

JOANET: A on aneu?

COP-DE-PUNY: A casa nostra. *(Entra dintre el carro, tanca, i a dins se senten cops de bastó i plors.)*

JOANET: Covard! Per a això fas servir la força? *(Trucant.)* Obre, covard! Bruto! Domador! Negrer! Indigne! Obre, si tens tanta ànima com força! *(Paren els cops.)* Però, què em passa? Per què haig de defensar-la? No és seva? Quins drets tinc? I quins drets té ell per pegar-li? *(Transició).* Si n'estaré enamorat? No puc estar-ne, però aquesta dona en un moment ha embellit la meva vida i m'ha filtrat dintre el cor sentiments estranys que fa poc no coneixia! *(Es queda pensatiu.)*

## ESCENA IX

EL CLOWN, En COP-DE-PUNY, la ZAIRA, l'ALCALDE, en JOANET, en TÒFOL i el POBLE.

*Pel fons se sent et timbal i gran cridòria. Arriba el Clown redoblant, amb tota la gent seguint-lo. En ser a la plaça fa un redoblant molt llarg, anunciant que la funció és a punt de començar. Surt en Cop-de-puny, traient-se l'americana i quedant vestit de gimnasta, amb tres medalles al pit. Surt també la Zaira, eixugant-se les llàgrimes i prenent el somrís de ballarina: mentrestant el Clown, amb un cordill i una bola, fa fer rotllo.*

CLOWN: Molta atenció, cavallers! Homes i dones, soldats de terra i de mar i criatures de bolquers; ara veuran la funció més lluïda que s'ha vist en aquest regne. Que els coixos deixin les crosses, o les llencin, o les lloguin, o que en facin el que vulguin; que els malalts es beguin les medecines d'un sol trago per no esperar les tres hores; que les dones, si han de renyar els marits, enllesteixin; que els marits, si han de pegar a

**Monstre.** Era un tipus de funció que s'oferia a l'època on es feien diversos espectacles seguits: òpera, dansa, teatre...

la muller, peguin i no s'entretinguin; que les viudes es revifin, els tristos escorrin les llàgrimes, i que no badi ningú per veure la funció **monstre**. Veuran exercicis corporals, gimnàstica de saló i grans forces de flaquesa. Veuran la flama meravellosa, la nigromància encantada, el "noble juego" de la coça, l'esforç de la dentadura i el "torniquete ambulante". Veuran el salt mortal d'expansió, que un servidor tindrà l'honor de resoldre, amb perill de trencadissa; veuran menjar el mico i sabran el que és tenir gana; i veuran en Cop-de-puny fent de les seves, malmetent el que es presenti i barallant-se amb la seva ombra. *(Redoblant llarg.)* Comença la funció. Molta atenció, cavallers! Per començar, en Cop-de-puny farà exercicis de pesos. *(En Cop-de-puny fa un saltiró de gimnasta, agafa un pes, i a cada joc fa una salutació.)* Vagin mirant i sorprenguin-se. Aquest pes que puja i baixa com si fos un **secall** amb xocolata, pesa com un burro mort. És de ferro massís per fora, i per dintre tot és un acer que esgarrifa!

**Secall.** Bescuit prim usat principalment per a prendre xocolata.

UN PAGÈS: Valga'm Déu! Ni la mula del baster!

CLOWN: Reparin els braços, reparin el somrís

**despreciatiu**, reparin que la carn no es masega ni es doblega, i reparin el que vulguin. Això són viandes folrades. Les nacions d'aquí al voltant no han vist mai carnadura més espessa.

**Despreciatiu.** Castellanisme. Menyspreatiu.

UN PAGÈS *(cridant a un de la rotllo)*: Jordi! El tinguéssim per traginar portadores!

*(En Cop-de-puny saluda, s'asseu a terra, i de cames enlaire fa els mateixos exercicis.)*

TÒFOL *(a en Joanet, veient en Cop-de-puny ajagut)*: Aquesta és la meva!

CLOWN: Ja veuen que ni el jeure, posició que malmet tantes famílies, li fa perdre la força de la persona. Si algú dels presents desitja que amb aquesta posició el reboti a l'alçada de dos pisos i el deixi penjat dalt d'un arbre com una òliba, que s'acosti.

TOTS: No, no!

CLOWN: No tinguin por. Ell no malmet ningú, si no és amb consentiment. Sap retenir-se i és molt mirat a fer **estragos**. "**Arreparin**" que no sua. És dels homes més eixuts que fan forces aquí a Europa. Tal com el veuen, així de cames enlaire, hi passaria vuit dies si li portessin menjar, i sobretot beguda. Per a l'exercici del jeure, après aquí a Espa-

**Estragos.** Castellanisme. Estralls.

**Arreparin.** Forma col·loquial de reparar. En aquest cas significa *fixin-se.*

nya, no ha trobat rival, i això que ha tingut molta competència.

TÒFOL: Parla per mi, Joanet.

*(En Cop-de-puny s'aixeca i saluda, i veient la roda del carreter al mig del carrer, l'agafa i se la carrega a coll, amb gran entusiasme del públic.)*

ALGUNS: Quina força!

CLOWN: Un altre exercici. Exercici que li ha valgut dues medalles de les tres que porta a sobre i de les deu que té de recanvi, amb cotó fluix **fenicat**, a dintre la calaixera. El rei de Bèlgica el va veure maniobrar amb la roda de la seva gran carrossa, i plorant com un infant, ell mateix, amb tota la majestat, les hi posà al mig del pit, amb una agulla de cap que va demanar a la reina. Reparin com és de difícil que la roda no rodoli, com té per obligació. La té dominada i no tinguin por que es mogui. Això és do, cavallers! Per a fer aquests estragos, la persona hi ha de néixer.

**Fenicat.** Antisèptic a base de fenol.

*(En Cop-de-puny torna a saludar, mira i, veient la pedra del pedris, l'arrenca, i, carregant-se-la al coll, comença a donar voltes dintre el rotllo. Tothom s'aparta i aplaudeix.)*

UNS QUANTS: Barba! "Alanta, **tramendo**!"

**Tremendo.** Castellanisme. Tremend.

CLOWN: Aparteu les criatures! Ens té l'arrencada. Això d'arrencar pedrissos, no pot fer-ho a tots els pobles. És un obsequi que dedica a la noble i distingida concurrència. Si el rei de Bèlgica ho veiés, li donaria tres medalles i una multa. Mirin com roda! Observin el desfici i el "**trotillo**".

UN DEL PÚBLIC: "**Coronela!**".

CLOWN: Mirin la força on arriba, mirin el que pot la naturalesa, quan fa de les seves. Potser l'haurem d'aturar.

EL PÚBLIC: Prou! Prou!

*(En Cop-de-puny s'atura. Es torna a asseure a terra i amb els peus aixeca la pedra i fa uns quants exercicis. Gran silenci, com si hi hagués un gran perill, mentre l'orquestra tocarà, molt baix, un vals trist, de circ eqüestre. En acabat s'aixeca d'un bot, com aquell qui ha fet una gran cosa, i saluda amb un seguit de reverències. Crits i aplaudiments mentre el Clown toca un redoblant de triomf.)*

CLOWN: Gràcies, públic il·lustrat. Gràcies al poble que, honrant la força brutal, s'honra ell mateix. Gràcies al poble que... etcètera. Ara, senyors, tindrem la triple expansió: el "**terceto**" té l'honor de presentar el segon

**Trotillo**
Castellanisme. Diminitiu de *trote*. Mode de caminar accelerat dels cavalls.

**Coronela.**
És la milícia gremial urbana que protegeix les muralles quan la ciutat és atacada. Els gremis aporten la totalitat dels seus homes.

**Terceto.**
Castellanisme. Tercet. Conjunt de tres persones.

**Hermosa.** Castellanisme. Bonica.

**Ambulante.** Castellanisme. Ambulant.

número. L'**hermosa** Zaira, la perla de la bohèmia, la sultana de la "garita **ambulante**", la claror del nostre carro, la sirena de la terra, la flor criada en la molsa d'aquestes fustes tenyides, cantarà la cançó del nostre ofici, les cobles de la nostra carrera, el cant d'un aucell molt blanc, que s'assembla molt a una oca, a l'aucell que en diuen cigne i que sols canta una vegada.

ZAIRA: *(Zaira, arraconada en el carro, no ha deixat de mirar el fill de l'Alcalde, que és en el rotllo, una mica separat; aquest igualment l'ha mirat, a ella, i en Cop-de-puny, a tots dos. La Zaira avança i canta:)*

De terres enllà
portem la tristesa,
la portem pel món
per deixar-la enrera.

Pertot on passem,
passem ben de pressa,
per no **encomana'ns**
el mal de la terra.

El mal de l'amor,

és mal que s'arrela
i deixa en el cor
enyorança eterna.

Tant si plorem, com si patim,
hem de fer riure,
hem de cantar per viure.

Com flors **esmortuïdes**
creixem en la serra
i anem esfullant-nos
per la carretera.

**Esmortuït-ïda.** Que ha perdut la vitalitat. Esmorteït-ïda.

Les fulles que ens cauen
són cançons bohèmies
que sembren poesia
i la prosa enterren.

De l'arbre del món
som les fulles seques,
regades de llàgrimes
i rodolant sempre.

Tant si plorem com si patim,
hem de fer riure,
hem de cantar per viure.

*(Ningú no aplaudeix. No ho han entès. Acabada la cançó, pren la safata i comença a fer capta. Alguns es retiren dissimuladament mentre el Clown va dient:)*

CLOWN: Ara ve el que és més trist, cavallers! Resignin-se i vesteixin-se d'una bona voluntat per rebre la sotragada. Que la safata els atrapi amb un somrís resignat, escrit al bell mig dels llavis. Això és un ai! Resolució i pit enfora! Els dos dits a la butxaca i llençar el que tinguin voluntat (i tinguin-ne, si pot ser), tan de pressa com puguin, per no ressentir-se'n tant. Un despreniment sobtat, abans que es presenti el dubte. Sentir una cançó val més que trenta mongetes a l'olla.

**Pesseta**. Moneda espanyola de curs legal fins a la introducció de l'euro el 1999. El nom prové del diminutiu de la paraula catalana peça. L'any 1897 una pesseta podia suposar prou diners per comprar un llibre.

*(En ser la Zaira davant del fill de l'Alcalde, se sufoca de demanar-li caritat. Escena muda. Se sufoca i abaixa els ulls. En Cop-de-puny la vigila, en Joanet no sap què fer, i per fer alguna cosa deixa caure una* ***pesseta*** *a la safata. La Zaira la rebot per terra.}*

UN: Una pesseta!

UN ALTRE: Malaguanyada!

L'ALCALDE: I l'ha llençada, la grandíssima!

*(En Cop-de-puny hi acut i li dóna un cop de puny i una empenta. En Joanet va per tirar-se-*

*li a sobre i els agafen, formant dos grups. El Clown ha recollit la pesseta i la safata i, agafant la Zaira, quasi desmaiada i plorant, la porta al carro, i ell puja a la plataforma. Al mig dels dos grups, l'alcalde; crits del poble contra els gimnastes.)*

COP-DE-PUNY (a la Zaira): Per què has llençat la pesseta?

ZAIRA: Aquesta, no vull guanyar-la!

COP-DE-PUNY: No? Doncs, té aquesta! *(Li dona una bufetada.)*

JOANET: Brètol! Covard!

COP-DE-PUNY *(a ella)*: A dintre! *(A en Joanet)* A tu, haig d'arrencar-te la llengua!

L'ALCALDE: Fora del poble!

TOTS: Fora!

L'ALCALDE: Fora del poble! Saltimbanquis, poetes, comediants! Fora d'aquí, somiatruites!

*(En Cop-de-puny agafa les regnes del carro i comença a marxar; la Zaira, a la plataforma, i el Clown s'ha enfilat dalt del carro.)*

COP-DE-PUNY: Feres manses! Ja us domaria!

TOTS: Fora!

L'ALCALDE; Fora! La gent que llença el diner, que no vingui en aquest poble! El diner és el més sagrat que tenim!

CLOWN *(tirant-los tots els quartos per la cara)*: Què se'ns en dóna el teu diner! Aquí el tens! Poble pasturant terrossos! No en tastareu, de poesia! Us condemno a prosa eterna! Us condemno a tristesa perdurable! (*Rient i tocant el bombo)* Visca la bohèmia! Visca la santa alegria! *(La Zaira, des de la plataforma, tira un petó al fill de l'Alcalde, i, com si l'hagués tocat, es posa la mà al cor i es tapa la cara. Tot el poble segueix el carro, els crits es van allunyant, i encara se sent el timbal del Clown i les rialles, fins que tot es perd i l'escena queda sola.)*

## ESCENA ÚLTIMA

*És quasi fosc. Els carreters ja pleguen; els ferrers, no encara.*

JOANET *(mirant per on ha marxat el carro)*: Déu meu! Adeu, poesia! Adéu, visió d'un instant! Aneu enllà, mentre jo em quedo encastat aquí, a la prosa! Amb les vostres cançons amargues i rialleres, em deixeu una recança, el buit al cor, d'un trosset de joventut que corre darrere vostre! Sou l'alegria que passa. I que trista és l'alegria per als que passen i els que es queden! Com que soc fill del terròs, estic condemnat a veure sempre l'església, a sentir **aqueixes** campanes, a veure aqueixes parets, a morir d'ensopiment i a no adonar-me del viure. Dormim. *(Es recolza en un* ***plàtan*** *i cau una pluja de fulles seques.)* Dormim al llit de la prosa, ja que em fuig la poesia.

ELS FERRERS (cantant):

Al dolç compàs del bressol de la manxa
anem cantant per no caure ensopits,
anem cantant per distreure la mandra,
anem cantant per no caure adormits.

TELÓ

**Aqueixes** Forma de l'adjectiu demostratiu que expressa proximitat en l'espai o en el temps respecte a la segona persona.

**Plàtan.** Arbre caducifoli del gènere *Platanus*.

# BIBLIOGRAFIA IMPRESA SELECCIONADA


AMADES, Joan (1984). *Històries i llegendes de Barcelona. Passejada pels carrers de la ciutat vella.* Amb la col·laboració de Consol Mallofré, edició a cura de Jaume Fabre i Josep Maria Huertas Claveria, 2 vols., Barcelona: Edicions 62.

BOTA, Josep (2000). *L'alegria que passa i altres obres. Santiago Rusiñol.* Edició a cura de. Barcelona: Hermes editorial. (Biblioteca clàssics catalans 15).

CASACUBERTA, Margarida (1990). «Santiago Rusiñol i el seu mite: d'autor dramàtic a autor de moda». A: *El Modernisme.* Barcelona: Olimpíada cultural; Lunwerg editores, pàg. 99-106.

—(1992). *Santiago Rusiñol: teatre simbolista.* Barcelona: Edicions 62. (El Carbell; 40).

—(1996). «El mite de l'humor russinyolià». A: *De Rusiñol a Monzó: humor i Literatura.* Barcelona: Publicacions de l'Abadia de Montserrat. Pàg. 29-48. (Biblioteca Milà i Fontanals; 26).

—(1997).*Rusiñol: vida, literatura i mite.* Barcelona: Curial Edicions Catalanes; Publicacions de l'Abadia de Montserrat. (Textos i Estudis de Cultura Catalana; 56)

—(1999). *Els jardins de l'ànima de Santiago Rusiñol.* Textos de Xavier Antich, Margarida Casacuberta, Josep Gordi i Serrat, Marina Gustà i Vinyet Panyella. Sabadell: Fundació Caixa de Sabadell.

—(tardor del 2014). «Entre el "problema catalán" i la crisi d'Europa: claus per a la recepció d'*El català de la Manxa* de Santiago Rusiñol». Barcelona: *Els Marges*, 104, pàg. 10-28.

CASTELLLANOS, Jordi (1982). «Correspondència Rusiñol-Casellas. A cura de...» Barcelona: *Els Marges*, 21, pàg. 85-110.

COLL I MIRABENT, Isabel (1992). *S. Rusiñol.* Sabadell: Ausa. (Monografies Ars-Ausa.)

GALLÈN, Enric (1986), «Santiago Rusiñol» dins Martí de RIQUER, Antoni COMAS i Joaquim MOLES (eds.). *Història de la literatura catalana,* vol. VIII, Barcelona: Ariel, Pàg. 449-480.

GARRIGASAIT I COLOMÉS, Raül (2018). *El fugitiu que no se'n va.* Barcelona: Edicions de 1984.

FÀBREGAS, Xavier (1969). *Teatre català d'agitació política.* Barcelona: Edicions 62.

—(1972). *Aproximació a la història del teatre català modern.* Barcelona: Curial.

—(1978). *Història del teatre català.* Barcelona: Millà.

—(1999). *El simbolisme rus.* Barcelona: Fundació La Caixa.

FUSTER, Joan (1980). *Literatura catalana contemporània.* Barcelona: Curial, (Biblioteca de cultura catalana 23

LAPLANA, ]osep de C. (1995). *Santiago Rusiñol. El pintor, l'home.* Barcelona: Publicacions de l'Abadia de Montserrat, (Biblioteca Abat Oliba, 151).

LAPLANA, Josep de C.; PALAU-RIBES O'CALLAGHAN, Mercedes (2004). *La pintura de Santiago Rusiñol.* Obra completa, 3 vols., Barcelona: Mediterrània.

MARFANY, Joan Lluís (1975). *Aspectes del modernisme*. Barcelona: Curial.

MILLÀ GACIO, Lluís. Mecanoscrit de les memòries inèdites conservades a la biblioteca de Catalunya.

PANYELLA, Vinyet (2003). *Santiago Rusiñol el caminant de la terra*. Barcelona, Edicions 62.

—(2000) *Paisatges i escenaris de Santiago Rusiñol ( París, SItges, Granada)*. Barcelona: Curial edicions catalanes, P.A.M. (Textos i Estudis de Cultura Catalana, 75).

— (2017). "El Cau Ferrat, de casa-taller a museo público. La musealización del modernismo.» Dins *Museos de ayer. Museografías históricas en Europa. Actas de II Encuentro Internacional.* Pàg. 53-84. Madrid: Secretaría General Técnica Subdirección General de Documentación y Publicaciones del Ministerio de Educación, Cultura y Deporte.

PERMANYER, Lluís (12/03/2003). "Rusiñol luchó por ser libre." Barcelona: Diari *La Vanguardia.*

PLA, Josep (1970). *Tres artistes. Vida de Manolo contada per ell mateix. Santiago Rossinyol i el seu temps. El pintor Joaquim Mir*. Barcelona: Edicions Destino. (Obra completa, vol. 14).

PLANES, Ramon (1969). *El modernisme a Sitges*. Barcelona: Selecta. (Biblioteca Selecta, 421).

—(1971). *Santiago Rusiñol, per ell mateix.* Barcelona: Ed. 62. (Antologia Catalana; 62.)

RUSIÑOL, Maria (1950). *Santiago Rusiñol vist per la seva filla*, Barcelona: Aedos.

RUSIÑOL, Santiago (1973 i 1976). *Obres completes*. 2 vols. Barcelona: Selecta.

UTRILLO, Miquel (1989). *Història anecdòtica del Cau Ferrat*. Pròleg de Francesc Fontbona. Sitges: Grup d'Estudis Sitgetans. (Estudis Sitgetans, 18).

PROPOSTES DIDÀCTIQUES, PRINCIPALS MOVIMENTS LITERARIS, WEBGRAFIA, VIDEOGRAFIA I CRITERIS LINGÜÍSTICS DE L'EDICIÓ.

http://rouredecanroca.blogspot.com/